이브의 선물

이브의 선물

초판 1쇄 발행 2023년 5월 5일

지은이 이창석
펴낸이 장길수
펴낸곳 지식과감성⁰
출판등록 제2012-000081호

교정 주경민
디자인 이은지
편집 이은지
검수 한장희, 이현
마케팅 정연우

주소 서울시 금천구 벚꽃로298 대륭포스트타워6차 1212호
전화 070-4651-3730~4
팩스 070-4325-7006
이메일 ksbookup@naver.com
홈페이지 www.knsbookup.com

ISBN 979-11-392-1058-3 (03810)
값 11,500원

- 이 책의 판권은 지은이에게 있습니다.
- 이 책 내용의 전부 또는 일부를 재사용하려면 반드시 지은이의 서면 동의를 받아야 합니다.
- 잘못된 책은 구입하신 곳에서 바꾸어 드립니다.

지식과감성⁰
홈페이지 바로가기

이브의 선물

이창석 지음

목차

이브의 선물　　6

Ending A　　222
Ending B　　224
Ending C　　225
Cookie　　228

1.

중년의 부부가 사람과 똑같이 생긴 안드로이드들이 전시된 매장을 둘러보고 있었다.
"찾으시는 제품이라도 있으세요?"
점원은 중년 부부가 가장 많이 찾는 청소용 안드로이드를 추천할 준비가 되어 있었다.

인공지능 안드로이드가 대중화되기까지 많은 시행착오와 반대가 있었지만 결국 인간의 삶 한 부분을 차지하게 되었다.
"치매 노인 케어 안드로이드 찾으러 왔는데요."
남편이 기다렸다는 듯 답했다.
"네, 이쪽으로 모실게요."
점원이 부부를 '가정용'이라고 쓰여 있는 코너로 안내했다.
스무 살쯤의 모습을 한 남녀 안드로이드 한 쌍이 전시되어 있었다. 점원은 능숙하게 설명을 이어 나갔다.
"특별히 찾으시는 성별이 있으신가요? 성별이 다르다고 해서 힘이 차이가 나진 않아요. 보통 고객님의 성별에 맞춰서 주문하세요."

얼마 전, 치매 노인이라고 지칭하는 게 듣기 불편하다는 컴플레인이 매장에 들어왔기 때문에 고객님으로 돌려 말했다.
"여자로 할게요. 장인어른께서 아내 말만큼은 잘 따라서요."
남자가 여성 안드로이드를 손가락으로 가리켰다.
"네, BS 안드로이드는 보험을 들면 5년 동안 무료로 수리나 교체가 가능하고요…."
남자는 점원이 내민 계약서에 능숙하게 사인을 해 나갔다.
"사인하신 곳 밑에 주소 적어 주시면 내일까지 배송해 드리겠습니다. 이제 녹음실에서 목소리 녹음만 하면 끝나세요."
사인을 끝낸 부부를 점원이 매장 안쪽에 있는 녹음실로 안내했다.

"녹음 끝났습니다. 목소리 한번 확인해 주세요."
종업원이 녹음기를 재생했다.
"음, 조금만 더 젊고 밝은 목소리로 올려 주실 수 있나요?"
"네. 지금은 어떠세요?"
종업원이 버튼을 몇 개 누른 뒤 다시 목소리를 재생했다.
"네! 똑같아요."
"네, 감사합니다. 따로 생각해 두신 얼굴은 있으세요?"
"아, 네. 이 얼굴로 부탁드립니다."
종업원이 얼굴이 그려진 종이를 받았다.

* * *

'똑똑똑'

"누구십니까?"
문을 연 백발의 남자 노인 앞에 붉은 체크무늬 셔츠에 청바지를 입은 스무 살쯤 되어 보이는 여자가 서 있었다.
"윌리엄 앤더슨 님 맞으십니까?" 여자가 물었다.
"네, 제가 윌리엄 앤더슨 맞습니다만, 무슨 일이시죠?"
윌리엄은 '딸과 목소리가 비슷한 여자네….' 생각하며 답했다.
"안녕하세요. 따님께서 보낸 가사도우미 안드로이드 '이브'라고 합니다."
"아…. 이브…."
이브라는 이름을 들으니 그제야 어젯밤, 딸 니콜이 전화로 가사도우미 안드로이드 이브 뭐시기 이야기했던 게 떠올랐다.
"일단 들어오세요."
윌리엄이 안드로이드를 집 안으로 들이자 이브가 집 안을 이리저리 훑어보았다.
혼자 사는 집에 누군가 들어온 것이 오랜만이라 어색한 건지, 딸의 목소리를 한 안드로이드가 집에 있다는 게 어색한 것인지, 어딘가 불편한 묘한 기류가 흘렀다.

"뭐라도 시켜야 하나?"
윌리엄의 질문 섞인 혼잣말이었다.

인공지능 안드로이드가 대중화되었다고는 하지만 아직 안드로이드를 반대하는 사람들과 윌리엄처럼 스마트폰 시대에 머물러 있는 사람도 상당히 많았다.

"청소부터 시작할까요?" 이브가 윌리엄에게 물었다.
"그래. 이브라고 부르면 되나?"
"네. 청소, 정원 관리, 2만 가지 이상의 요리, 그리고 통화까지 여러 가지 기능이 있으니 필요한 게 있으시면 언제든 물어보세요."
이브가 친절한 미소와 함께 답했다.
"편하게 윌이라고 부르게. 그런데 자네 충전식인가?"
청소기가 걸려 있는 벽으로 향하는 이브에게 윌이 물었다.
"저는 반영구 배터리가 탑재되어 있어 충전이 필요 없습니다."
답변을 마친 이브가 청소를 시작했다.

이브의 청소 실력은 확실했다.
청소기를 끝낸 뒤 물걸레질, 쌓인 먼지 쓸기, 밀린 빨래에 창문 청소까지.
소파에 앉은 윌은 이리저리 빠르게 움직여 청소를 하는 이브를 보며 이래서 다들 안드로이드 하나씩 장만하나 보구나 생각이 들어 감탄을 내뱉었다.

"커어어… 씁."

따뜻한 햇살에 기대 자신도 모르게 소파에서 잠이 든 윌이 침을 닦으며 일어났다.

"일어나셨습니까?" 잠에서 깬 윌에게 이브가 기다렸다는 듯 다가와 물었다.

"으응, 내가 너무 오래 잤나?"

이브 뒤로 보이는 집 내부는 빛이 나는 듯 깔끔했다.

"적당한 낮잠은 두뇌 건강에 좋습니다."

"계속 거기 서 있던 건가?"

"저는 안드로이드라 걱정하지 않으셔도 괜찮습니다."

딸과 같은 목소리와 대화를 하니 마치 아내와 딸과 한집에서 살았던 옛 기억이 떠오를 듯했다.

"할 일이 없어도 사람처럼 행동할 수 있나?"

"네. 가능합니다. 하지만 티브이를 시청하거나 라디오를 청취하는 등의 행동을 했을 때 발생하는 전기세 같은 경우는 BS 회사에서 책임지지 않습니다."

안드로이드와 같이 생활하는 사람들에게 이질감을 없애 주기 위해 BS 회사에서 개발한 기능이었다. 할 일이 없을 때는 책을 읽거나 티브이를 보고 아무도 활동하지 않는 밤에는 잠을 자는 등 가족에 자연스럽게 녹아들기 위한 기능이었다.

"전기세 같은 건 신경 쓰지 말고 사람처럼 편하게 지내게."
"감사합니다."
이브가 친절한 미소로 답하고 소파에 앉아 리모컨으로 티브이를 틀어 마피아 영화를 보기 시작했다.

이브가 영화를 보는 동안 윌은 핸드폰으로 인터넷에 인공지능 안드로이드 리뷰를 검색해 사용법을 하나씩 알아 갔다.
그러던 중 '꿈 컨트롤러'라는 기능이 눈에 들어왔다. 주인이 자기 전에 주문해 놓은 꿈을 꾸게 해 주는 기능이었다. 리뷰에 따르면 꿈에서 하루 종일 줄을 서지 않고 놀이기구를 탈 수도, 한 번도 해 보지 못한 스카이다이빙을 해 볼 수도 있었다. 가장 큰 장점은 전날 꾸었던 꿈을 다음 날에도 이어서 꿀 수 있는 것이었다.

"오…." 감탄을 내뱉은 윌이 이브를 힐끔 쳐다보았다. 허리를 꼿꼿이 세운 채 소파에 앉아 영화를 집중해서 보고 있는 이브는 마치 어색한 할아버지 집에 끌려와서 놀고 있는 손녀 같았다.
"이브?"
"네?"
이브가 리모컨으로 영화를 멈추고 고개를 돌렸다.
"미안. 영화 보는데 내가 방해했군."
"아니요, 괜찮습니다."
"자네도 꿈 컨트롤러가 가능한가?"

이브가 고개를 끄덕였다.

"네. 가능합니다. 오늘 밤 하시겠습니까?"

월이 긍정의 미소를 띠었다.

"부탁하네."

"더 원하시는 게 있으십니까?"

"아, 미안. 다시 영화 보게."

월의 다음 명령을 기다리고 있는 이브에게 월이 지시했다.

"네. 감사합니다."

월은 핸드폰을 하는 척, 영화를 보는 이브를 관찰했다.

흥미진진한 장면에서는 리모컨을 꽉 쥐고, 웃긴 장면에서 웃는 이브는 사람과 다름없었다.

영화가 끝나고 이브가 부엌으로 향했다. 얼마 지나지 않아 기분 좋은 음식 냄새가 집 안을 감싸기 시작했다.

"오늘 저녁은 뭔가?"

부엌 의자에 앉은 월이 이브에게 물었다.

"매시트포테이토와 시금치 계란 프리타타입니다."

이브가 월의 앞에 음식이 담긴 접시와 식기구를 놓았다.

"안드로이드도 음식을 먹을 수 있나?"

월의 질문에 이브가 웃으며 답했다.

"네. 먹을 수 있습니다. 대신 제가 음식을 먹는 날이 마지막 날이 될 거예요. 국물이 많은 음식을 먹을수록 더욱 고칠 수 있는 확률이 줄어들 겁니다."

이브의 대답을 들은 윌이 웃음을 터트렸다.

"방금 그거 농담인가?"

"농담인지 진담인지는 윌 님의 상상에 맡길게요."

이브의 재치 있는 대답이 마음에 든 윌은 고개를 끄덕이고 저녁을 먹기 시작했다.

음식은 환상적이었다. 아내가 떠난 뒤 누군가 해 준 음식을 먹는 게 오랜만이라 그런지, 더욱 맛있게 느껴졌다.

"니콜 님한테서 전화 왔습니다."

"응?" 윌의 주머니에 있는 핸드폰이 울렸다.

"뭐야, 이런 것도 느낄 수 있나?"

윌이 주섬주섬 핸드폰을 꺼내며 물었다.

"윌 님이 주무시는 동안 집 안 기기와 동기화를 마쳤습니다."

"음, 그렇군."

윌이 입 주변을 휴지로 쓱 닦고 전화를 받았다.

"아빠, 이브는 잘 도착했어요?"

"응, 그래. 지금 옆에 있다. 바꿔 주랴?"

"아니요, 이브 보고 뭐 생각나는 게 없으세요?"

윌이 고개를 갸우뚱했다.

"너랑 목소리가 같다는 거?"

윌의 대답에 니콜이 한숨을 얕게 내쉬고 힌트를 주었다.

"아니요. 목소리 말고 얼굴 말이에요, 얼굴."

윌이 이브의 얼굴을 확인했다.

갈색 머리에 그냥 스무 살쯤으로 보이는 평범한 얼굴이었다.

"아니?"

"아빠, 제 스무 살 때 모습이잖아요. 기억 안 나세요?"

니콜의 말을 들은 윌이 이브를 다시 보았다.

그러나 역시 알아볼 수 없었다.

"딸, 속았어? 나 아직 그 정도는 아니야~. 처음에 도착했을 때 정말 너인 줄 알고 깜빡 속았잖냐. 그런데 어떻게 이렇게 똑같이 만들 수 있냐?"

핸드폰 너머에서 잠시 정적이 흐른 뒤, 니콜의 안도의 한숨이 흘러나왔다.

"깜짝 놀랐잖아요, 아빠…. 안드로이드 녹음할 때 생김새도 커스터마이징할 수 있다고 해서 제 스무 살 적 사진 주고 부탁했어요. 어때요? 똑같아요?"

윌이 이브의 호박색 눈동자를 바라보며 답했다.

"똑같구나. 마치 쌍둥이 같아."

스마트폰 너머에서 아이들 칭얼거리는 소리가 들려오자 니콜은 다급한 마무리 인사말을 끝으로 전화를 끊었다.

전화를 마친 윌은 음식을 마저 먹었다.

계란은 조금 식었지만 여전히 환상적이었다.

월은 어째서 이브에게 자신이 눈치채지 못한 걸 말해 주지 않았냐고 묻지 않았다.

오히려 이브를 처음 보았을 때 느꼈던 익숙한 느낌이 목소리 때문이 아니라 얼굴 때문이었을 거라고 합리화했다.

월의 식사가 끝나자 이브가 식기를 들어 설거지를 하기 위해 싱크대로 향했다.

"아니, 아니." 월이 급하게 이브를 말렸다.

이브가 뒤돌아 월의 다음 지시를 기다렸다.

"그냥 식기세척기 쓰게. 말했잖나, 내 집처럼 편하게."

"네, 감사합니다."

저녁을 마친 이브와 월은 소파에 앉아 티브이를 켰다.

"보고 싶은 거라도 있나?"

"전 아무거나 상관없습니다."

"음… 그럼 어떤 종류의 영화를 좋아하고 뭐 그런 거 있나?"

안드로이드도 취향이 있을까? 생각이 들어 물은 질문이었다.

"저는 액션이나 판타지를 좋아합니다."

정말 안드로이드의 취향을 듣게 될 줄은 몰랐다.

"이유라도 있나?"

"음… 그냥 액션은 시원시원하고 판타지는 그 상상력이 마음에 들어서 좋습니다. 윌 님은요?"

'마음에 들어서'라니…. 이유를 고민할 때 눈썹을 살짝 찡그리고 허공을 응시하는 행동은 안드로이드가 맞나 싶을 정도로 인간과 흡사했다. 이렇게까지 인간과 똑같이 만들 수 있나 의구심이 들었다.

"나도 공상 과학이나 액션을 좋아하네. 자네랑 같은 이유로."

윌이 답했다.

"잘 맞아서 다행이네요! 제가 몇 편 추천해 드릴까요?"

이브가 환한 미소로 물었다.

"어… 그래, 좋지. 혹시 기분 나쁘다면 미안하네만, 방금 그 대답은 프로그래밍되어 있던 건가?"

"네." 미소 띤 얼굴로 이브가 답했다.

윌은 이브의 대답이 진짜인지 아닌지 알 수 없었다. 리뷰 글 마지막 줄에 '정말 사람처럼 행동하는 건지, 사람의 뇌를 갖게 된 기계인지 구분하기 힘들다.'라는 말이 떠올랐기 때문이다.

"그렇군. 그럼 몇 편 추천해 주겠나? 그중에 하나 골라서 자기 전에 같이 봐야겠군."

윌이 리모컨을 넘겨주자 이브가 신난 얼굴로 영화를 추천해 주었다.

영화가 끝나고, 이브가 챙겨 주는 저녁 약과 물을 삼켰다.

"고맙네."

"바로 주무실 건가요?" 이브가 물었다.

"음… 핸드폰을 좀 하다가 잘 것 같군."

"그럼 꿈 컨트롤러는 지금 예약하시겠습니까?"

"…아!"

까맣게 잊고 있었다.

"어떻게 예약하면 되지?"

"어떤 내용의 꿈을 꾸고 싶은 지 제게 말해 주시면 월 님의 기억을 토대로 꿈을 만들겠습니다. 그럼 그 안에서 즐기시면 됩니다."

"음, 그렇군."

월이 고개를 끄덕였다. 잠깐의 고민 뒤, 월이 물었다.

"잊어버린 기억도 가능한가?"

"가능합니다." 이브가 답했다.

"그럼 내가 아내를 처음으로 만난 날로 부탁하네."

깊은 강에 빠진 기억은 아무리 끄집어내려고 해도 수면 위로 떠오르지 않았다.

"네, 알겠습니다."

침대에 누워 핸드폰을 하던 월이 꾸벅꾸벅 졸기 시작하자 침실의 작은 불빛이 꺼지고, 이브가 월의 이마에 손을 얹었다.

그런데 그 순간 월이 눈을 뜨고 상체를 일으키려 했다.

"아비게일이 기다릴 거야. 가야 해."

"아빠. 엄마는 제가 데려올게요. 주무시고 계세요. 오늘 열심히 일 하셨잖아요."

니콜과 비슷한 이브의 목소리를 들은 월이 다시 눈을 감고 누웠다.

"고마워, 딸."

2.

오리엔테이션 첫날 대학교는 설렘 가득 찬 눈의 신입생들로 붐볐다.

신입생 패키지가 가득 들어 있는 에코 백을 멘 윌의 눈 또한 꿈으로 가득 차 있었다.

"N.53 건물…." 어젯밤 온 이메일에 N.53 건물에서 오리엔테이션이 있을 거라고 쓰여 있었다.

지나가는 여러 사람을 붙잡아 길을 물어본 끝에 N.53 건물을 찾은 윌은 비어 있는 의자를 찾아 앉았다.

그리고 얼마 지나지 않아 강당이 사람들로 꽉 차기 시작했다.
"아아. 신입생 여러분, 진심으로 환영합니다."
단상 위에 진행자가 올라와 진행을 시작했다.
시간이 지나고, 진행자는 신입생들의 눈빛에서 지루함을 느꼈는지 자신의 옆자리 사람과 자기소개를 하는 활동을 시켰다.

윌이 자신의 오른쪽에 있는 남자에게 말을 걸려고 했으나 이미 임자가 빼앗긴 뒤였다.

하는 수 없이 왼쪽으로 고개를 틀었지만, 등밖에 보이지 않았다.

"퓨…."

입으로 바람을 내쉬고 핸드폰을 꺼내 든 윌의 어깨를 누군가 뒤에서 톡톡 건드렸다.

"저기 혹시 파트너 못 찾으셨나요?"

"아, 네!" 뒤돌아 앉은 윌의 뒷자리에는 갈색 생머리에 검은색 안경을 쓴 여자가 앉아 있었다.

"윌리엄이에요."

"아비게일입니다."

강당 화면에 파트너와 나눌 질문들이 올라와 있었기에 대화를 이어 나가는 데 큰 어려움은 없었다. 오히려 아비게일과 취미가 겹쳐 서로 번호까지 교환하게 되었다.

"이번에 나온 신작 게임 완전 대박이지 않냐?"

아비게일이 윌의 말에 맞장구쳤다.

"그거 스토리 대박이잖아. 나 끝나고 울 뻔했다니까?"

"자, 자, 이제 다시 집중해 볼까요?"

진행자가 어수선한 분위기를 진정시켰다.

하지만 윌과 아비게일은 오리엔테이션이 끝날 때까지 채팅으로 대화를 이어 나갔다.

건축 디자인 학과를 공부하는 월과는 다르게 아비게일은 순수 미술 학과를 공부한다고 했다.
아마도 여러 학과가 한 번에 오리엔테이션을 듣는 듯했다.

"다음에 또 보자."
오리엔테이션이 끝나고 월이 건물을 나와 아비게일에게 인사했다.
"어디 살아? 차 없으면 태워 줄까?"
아비게일이 뒤돌아 가려는 월에게 물었다.
"기숙사 신청해서 여기가 내 집이야. 너는?"
"나는 근처 살아. 멜버른에서 왔다길래 집 멀리 구했으면 내려 줄까 했지."
아비게일이 차 키를 들어 흔들었다.
"아, 아니야. 고마워, 담에 또 보자~."

아비게일과 헤어지고 도착한 기숙사 방은 어제 대충 풀어 놓은 짐 그대로 어질러져 있었다.
저녁에 치워야지 생각하며 침대 위에 쌓여 있는 짐을 바닥에 내리고 누웠다. 어차피 원룸 형태의 스튜디오 1인실이었기에 아무도 신경 쓸 일 없었다.
다음 주부터 시작할 시간표를 보니 벌써부터 미래의 내가 디자인한 집에서 살 생각이 부풀었다.
　침대에서 두 시간 정도 핸드폰을 하니 꾸벅꾸벅 잠이 쏟아졌다.
　"하암…."
　늘어지게 하품을 하고 핸드폰을 충전기에 꽂아 둔 윌이 낮잠에 빠져들 때쯤 누군가 자신을 부르는 소리에 눈을 떴다.

3.

"윌 님? 윌 님? 일어나실 시간입니다."
눈을 뜬 윌의 옆에는 이브가 침대 끝자락에 앉아 있었다.
"몇 시지?" 눈을 비비며 일어나는 윌을 확인한 이브가 커튼을 걷었다.
"오전 9시입니다. 날씨는 맑고, 온도는 산책하기 적당한 따뜻한 봄 날씨입니다."
"그런가?"
윌이 침대에서 일어나 기지개를 켰다.
"그럼 오늘은 장이나 보러 나갈까?"
"좋은 생각이십니다."
이브가 미소로 답했다.

윌이 씻기 위해 화장실에 들어가자 이브가 따라 들어왔다.
"아, 샤워해야 하니 밖에서 기다려 주겠나?"
"안 됩니다."
이브가 단호하게 잘라 말했다.
"뭐… 뭐?"

당황한 윌은 어안이 벙벙했지만, 이번에는 명령조로 말했다.
"이브, 명령이야. 밖에서 기다려."
"안 됩니다."
이브는 이번에도 단호하게 답했다.
분명 티브이에서 보았던 광고는 안드로이드가 주인의 명령을 거절할 수 없도록 설계되었다고 했는데, 눈앞의 안드로이드는 만난 지 이틀 만에 명령을 거부했다.
"왜? 이유가 뭐야? 안드로이드는 주인의 명령을 무조건적으로 따라야 하는 거 아닌가?"
"불건전하거나 위험하다고 판단되는 경우, 주인님의 안전을 위해 거부할 수 있습니다. 그리고 지금 윌 님의 상태가 언제든 악화될 수 있기 때문에 제가 항상 옆에서 지켜봐야 합니다."
윌은 힘으로라도 이브를 문밖으로 밀까 고민했다.
"내가 이십 년만 젊었어도…."
윌이 중얼거렸다.
"그럼 눈 감고 뒤돌아 있게. 최소한의 존엄성은 지켜 줘."
이브가 승리의 미소를 띠고 뒤돌아섰다.

"으아악!"
샤워 호스에서 나온 따뜻한 물이 수증기로 화장실을 가득 채울 무렵 윌의 비명 소리와 벽을 치는 둔탁한 소리가 들렸다.
그러나 이브는 미동조차하지 않았다.

"윌 님?"

"이브, 도와줘…."

샤워부스 바닥에 주저앉은 윌이 힘들게 말을 뱉었다.

화장실에 조용한 적막이 흘렀다.

"장난치지 말아 주세요."

"어떻게 알았지? 뒤통수에 눈이라도 달렸나?"

윌은 넘어진 게 아니라 벽을 주먹으로 치고 넘어진 척 장난을 친 것이었다.

"레이더로 감지할 수 있습니다."

눈을 감은 이브가 답했다.

"한 번 더 장난치시면…."

이브가 눈을 감은 채, 윌 쪽으로 몸을 돌렸다.

"눈 뜰 겁니다."

"미안하네."

윌의 사과를 받은 이브의 입꼬리가 올라갔다.

샤워를 끝낸 윌이 샤워부스 밖으로 나오자 이브가 바닥에 수건을 깔았다.

"발이 젖어서 바닥이 미끄러울 수 있습니다."

"음, 고마워."

"제 팔 잡으세요."

이건 가사도우미 치고 과잉보호가 아닌가 싶었지만, 요양원에 가는 것보단 이 집에서 생을 마감하고 싶었기에 이브의 팔을 잡았다.
 이브의 피부 감촉은 사람과 같았지만, 안은 딱딱한 기계로 되어 있는 게 손에 느껴졌다.

 저번 주였다.
 월이 밤에 혼자 길거리를 떠돌아다니다 경찰에 발견되어 니콜에게까지 연락이 갔다.

 "아니 글쎄, 이 집은 못 나간다니까!"
 월이 핸드폰에 대고 소리쳤다. 위험하니 요양원을 알아보겠다는 니콜과 절대 자신의 집을 나가지 않겠다는 월 사이에 언쟁이 오고 갔다.
 "아빠, 지금 나 편하자고 하는 말이에요? 그러다가 갑자기 어느 날 아빠가 사라지면 저는 어떻게 살아요? 네? 이제 이 집 보내 줄 때도 됐잖아요."
 니콜이 애원했다. 어차피 일 년에 한 번 올까 말까 하는 게 무슨 아빠 생각이냐고 따지고 싶었지만, 멀리 떨어진 다른 주에서 일과 한참 자라나는 아이들 양육을 병행하는 것이 바빠서 오지 못하는 니콜의 사정을 알기에 가슴에 묻어 두었다.
 "그래도 이 집은 안 돼."
 "하…."
 핸드폰 넘어 니콜의 한숨이 월의 귀까지 닿는 듯 느껴졌다. 딸이 이해가 되지 않는 것도, 자신이 고집부리는 걸 모르는 것도 아니었기 때문이었다.

"그럼, 집에 안드로이드 하나 들이는 걸로 해요. 더 이상은 안 돼요."

그렇게 해서 온 것이 '이브'였다. 물론 스무 살 적 니콜의 모습과 목소리를 가지고 있을 줄은 몰랐지만.

시리얼로 간단히 아침을 해결한 뒤 윌과 이브는 시티로 향하는 트램에 탔다.

트램 안, 전광판에는 티브이가 틀어져 있었다. 화면 속 두 명의 남자는 진행자를 사이에 두고 안드로이드의 무분별한 보급에 대해 토론을 나누고 있었다.

"자, 여기 이 그래프를 봐 주십시오. 안드로이드가 경찰을 포함한 다양한 분야에 대중화된 후 10년 동안의 범죄율을 다룬 표입니다. 10퍼센트가량 줄어든 게 보이시죠? 이제 안드로이드는 우리의 삶의 일부가 되었습니다. 떼려야 뗄 수가 없는 존재가 됐다는 거예요."

왼쪽에 앉은 토론자가 말했다.

"네. 우리의 삶의 일부가 되었죠. 그런데 제가 말하는 바는 안드로이드의 보급을 무작정 줄이자는 뜻이 아닙니다. 꼭 필요한 곳에만 보급하자는 거예요. 그 많은 10퍼센트의 범죄율이 안드로이드의 선한 영향으로 갑자기 사라졌을까요? 절대 아닙니다. 여기 이 사진들을 보시죠."

맞은편 토론자 뒤로 파손된 안드로이드 사진들이 올라왔다.

"BS 컴퍼니에 따르면 고장 신고로 회수된 안드로이드들의 93퍼센트 이상이 둔기로 맞은 타박상 때문이라고 합니다. 지금이야 안드로이드들이 우리를 대신해 범죄의 대상이 되고 있지만, 인간이 자신들과 똑같이 생긴 안드로이드를 때리는 데 익숙해지면요? 같은 인간을 해하는 데도 거리낌 없어질 겁니다. 그리고 안드로이드의 뇌는 인간과 거의 흡사하게 설계되었습니다. 만약… 그들도 두려움을 느낀다면요?"

오른쪽 토론자의 말을 끝으로 1분 후 토론이 계속된다는 말과 함께 BS 회사의 광고가 틀어졌다.

"바이오 시너지가 당신과 함께합니다…."

BS 회사는 생명 공학 분야로 사업을 시작해 지금의 안드로이드를 만든 회사였다.

인간의 뇌를 본떠 안드로이드를 만들 정도로 기술이 발전했지만 치매 환자의 죽어 버린 뇌세포를 살리는 것은 아직 신의 영역으로 치부되었다.

"이브 자네는 어떻게 생각하나?" 티브이를 보는 이브에게 윌이 물었다.

"안드로이드의 출현으로 범죄율이 10퍼센트나 줄어든 것은 사실이기에 사회적 반발을 우려해서 사실상 보급을 제한하는 건 어려워 보입니다."

이브가 답했다.

"음, 아니. 네가 티브이에서 본 수치들이 아니라 너의 생각을 물은 거야."

"저는… 저는…."

이브는 뇌가 과부하라도 걸린 듯 무슨 말을 해야 할지 몰랐다.

"인간의 뇌와 똑같이 만들었다면 안드로이드들도 감정을 느낄 수 있지 않을까? 단지 아무도 가르쳐 주지 않았기에 모를 수도 있지."

결국 이브는 아무 대답도 하지 못하고 마켓에 도착했다.

월과 이브가 도착한 마켓은 평일이라 그런지 한산했다.

"월 님이 가장 좋아하는 음식은 뭔가요?"

월의 취향에 맞춰 요리하기 위해 이브가 물었다.

"면이랑 고기가 최고지. 일단 고기부터 살까?"

"네." 월과 이브가 정육점으로 들어갔다.

"윌리엄 아저씨! 오늘은 뭘로 드릴까요? 여기 이 소고기 가공육이 오늘 아침에 손질해서 제일 신선하답니다."

수염이 풍성한 정육점 사장님이 진열대 밖으로 주먹을 내밀고 월을 반겼다.

"여~ 마커스, 잘 지냈나?"

월이 주먹을 툭 치고 인사를 받았다.

"오늘은 혼자가 아니네요?"

정육점 사장님 마커스가 이브에게도 주먹을 내밀었다.

"안녕하세요. 저는⋯."

"손녀딸 이브네."

주먹 인사를 받으며 인사하는 이브의 말을 윌이 가로챘다.

"이번에 요 주변에 있는 대학교로 입학했는데, 마침 내 집에 방이 하나 남아서 말이야. 집을 구할 때까지 같이 살게 됐네."

이브의 눈이 휘둥그레졌다.

"오, 손녀딸이 할아버지 모시느라 고생이 많네. 여기 다짐육 좀 공짜로 넣어 드릴게요."

마커스가 넉살 좋은 얼굴로 다짐육을 한 움큼 쥐어 봉지에 담았다.

"이제 어느 방향으로 갈까요?"

한 손에 고기가 잔뜩 들어 있는 비닐봉지를 든 이브가 물었다.

"음, 저쪽 초록색 간판으로 가면 되네."

윌이 오른쪽 맞은편에 채소가 잔뜩 진열되어 있는 가게를 손가락으로 가리켰다.

식료품을 모두 산 둘은 근처 카페에 앉아 커피를 마셨다. 물론 이브는 커피를 마실 수 없었기에 윌의 맞은편에 앉아만 있었다. 윌이 뜨거운 커피를 '후' 불어 한 모금 마셨다.

"이제 집으로 가실 건가요?"

"음… 가기 전에 옷 좀 사고 가자꾸나."

"네."

"옷 사는 동안 자네 손이 무거우니까 마커스네 정육점에 장바구니 좀 맡겨 두고 와 주게."

월이 컵을 잔에 탁 내려놓고 말했다.

"저는 괜찮습니다. 최대 200킬로그램까지 들 수 있게 설계되어 있어, 끄떡없습니다."

이브가 월에게 손바닥을 펴 보여 주었다. 이브의 손바닥은 장바구니를 들었음에도 눌림 자국 하나 없이 깔끔했다.

"옷 입어 볼 때 거추장스러워서 그러니 어서 맡기고 와, 이브."

"하지만 저는 월 님을 혼자 남겨 두고 갈 수 없습니다."

결국 이브는 월과 함께 정육점에 장바구니를 맡기고 옷가게에 들어갔다. 옷가게 안에는 오른쪽에는 남자 옷들이, 왼쪽은 여자 옷들이 전시되어 있었다. 아무리 패션에는 성별, 나이가 구분 없다고 하지만 옷가게 안의 옷들은 월이 입기에 조금 젊어 보였다. 그래도 이브는 최선을 다해 눈동자로 옷가게를 스캔해 월에게 추천할 만한 옷들을 눈에 점찍어 놓았다.

"이거 괜찮네."

월이 왼쪽 여자 마네킹이 입고 있는 티셔츠를 가리켰다.

"아, 월 님 이건….”

"왜, 나한테 안 어울리려나?"

이브는 솔직하게 말할지, 월의 의견을 존중할지 고민했다. 이브가 고민하는 게 얼굴에 보였는지 윌이 이브를 다독였다.
"걱정하지 말고 말해 보게."
"음… 저는 윌 님의 취향을 존중합니다."
이브의 대답에 윌이 웃음을 터트렸다.
"그 말은 안 어울린다는 말이군?"
이브가 침묵으로 긍정을 표했다. 하지만 그 뒤로도 옷가게에서 윌이 고르는 옷은 전부 여성용 옷들이었다.

"내 취향에 놀랐나?"
옷가게를 나온 윌이 이브에게 물었다.
"음, 각자 취향이 다른 건 당연하기 때문에 괜찮습니다."
이브의 답을 들은 윌의 입에서 자꾸만 웃음이 새어 나왔다.
"나한테 안 어울린다니 어쩔 수 없군. 자네 가져."
"…네?"
이브가 토끼 눈을 뜨고 윌을 쳐다보았다.
"손녀딸 옷이 한 벌밖에 없는데 이 정도는 사 줘야지."
윌이 이브의 빨간 셔츠를 집어 옷이 담긴 종이봉투를 이브의 손에 쥐여 줬다.
"감사합니다."
옷을 받은 이브는 봉투 속의 옷을 살펴보았다.
"지금 기분이 어떤가?"
윌의 물음에 이브가 행복한 얼굴로 답했다.

"행복합니다."

이브의 대답이 프로그래밍되어 있던 것인지는 알 수 없지만, 이브의 행복한 미소는 이브가 안드로이드라는 걸 모르는 상태였다면 사람과 구분할 수 없을 정도로 정말 사람 같았다.

집에 돌아온 월이 냉장고 문을 열어 장바구니를 정리하려고 하자 이브가 월을 말렸다.

"정리는 제가 하겠습니다. 월 님은 소파에 앉아 쉬세요."

"음… 그럴까? 그럼 필요한 게 있으면 부르게."

이브에게 냉장고 정리를 맡겨 둔 월은 소파에 앉아 티브이를 켰다.

티브이를 보는 척 힐끔힐끔 쳐다본 월의 눈에 보인 이브는 테트리스 게임이라도 하듯, 냉장고에 없던 빈 공간도 만들어 내어 안을 꽉꽉 채웠다.

"옷은 어디에 둘까요?"

냉장고 정리를 끝낸 이브가 월에게 물었다.

"안방 옆방 옷장에 걸어 두면 될 거야."

월의 집은 안방을 포함해 총 3개의 방들이 있는 집이었다.

이브가 청소하며 본, 거실을 사이에 두고 있는 안방 맞은편 방은, 박스가 쌓여 있어 창고로 보이는 방이었다.

그리고 방금 전 월이 말한 안방 옆방은 문손잡이에 서툰 글씨로 '니콜'이라고 쓰여 있는 문고리가 있는 방으로, 공부용 책상, 의자,

그리고 여러 서랍장이 있는 방이었다.

 책은 별로 없는 것으로 보아 니콜은 아마 책과는 거리가 있는 사람이었던 것 같았다.

 니콜의 방 안에서 셔츠와 청바지를 벗고 민트색 티셔츠와 블랙 진으로 갈아입은 이브가 전신 거울 앞에 서서 거울에 비친 자신을 보았다.

 티셔츠를 바지 속에 넣어 입어도 보고, 바지 밑단을 접어 올려도 보던 이브는 거울 속 자신과 눈이 마주쳤다.

 거울 속 안드로이드는 갈색 생머리, 짙은 눈썹에 호박색 눈동자, 오똑한 코, 생기 넘치는 입술을 가지고 있었다. 이브는 여러 가지 자세를 취해 보았다. 옷과 어울리는 머리를 찾기 위해 양 갈래 머리도 해 보고 손으로 잡아 올려도 보았다.

 이브의 뒷머리 사이로 목 뒤에 각인되어 있는 안드로이드 식별 코드가 보였다.

"이브!"

 윌이 부르는 소리에 이브가 문을 열고 방에서 나왔다.

"무슨 일이신가요?"

 이브가 옷을 갈아입은 것을 본 윌이 박수를 쳤다.

"옷 갈아입어 보라고 하려고 했는데 이미 갈아입었군? 역시 내 안목은 뛰어나! 어때, 마음에 드나?"

"네. 마음에 듭니다."

이브가 자신이 입은 옷을 뽐내듯 보여 주며 답했다.

"그래. 가서 더 갈아입어 봐. 나는 좀 자야겠어."

윌이 소파 팔걸이에 목을 기대고 누웠다.

"네. 그럼 점심시간에 깨워 드리겠습니다."

윌이 고개를 양옆으로 저었다.

"귀찮아. 어차피 늙어서 그런지 배도 안 고파. 푹 자는 게 더 나아."

"그럼, 꿈 컨트롤러 하시겠습니까?"

"아니, 그건 밤에 잘 때만 부탁하네. …사실 어젯밤 꿈 말이야. 기억나지 않아."

"네?"

이브가 당황한 표정을 지었다.

"죄송합니다. 제 기능에 오류가 있는 것 같습니다."

꿈 컨트롤러는 단어만 꿈일 뿐, 자는 동안 즐기는 일종의 '게임'과 같은 것이었다.

꿈 컨트롤러를 이어서 꾼다는 개념 또한 저장해 놓은 게임을 이어서 하는 것과 같았다.

하지만 조금만 더 나아가 치매라는 병의 특수한 상황을 고려해 보면, 윌이 꿈을 기억하지 못하는 것이 이해가 되지 않는 것도 아니었다.

"원래 꿈이란 게 아침에 일어나면 기억이 가물가물하잖나. 그걸 다 기억하면 이 늙은 뇌는 터져요~."

손가락으로 머리를 툭툭 친 윌이 자세를 고쳐 눕고 졸린 눈을 감았다.

"내가 별말 없으면 계속 꿈을 이어서 꿀 수 있도록 해 주겠어?"

눈을 감은 윌이 이브에게 물었다. 이브와의 대화가 익숙해진 윌의 말투에서 점점 편해지는 게 느껴졌다.

"네, 알겠습니다."

이브의 대답을 들은 윌이 잠에 들었다.

마침 윌도 잠에 들었겠다, 이브도 간단한 자가진단을 위해 눈을 감고 윌의 맞은편 소파에 누웠다.

"흐음…."

다행히도 자가진단을 마친 이브의 몸에는 아무 이상도 발견되지 않았다.

잠시 후 윌도 잠에서 깨어 찌뿌둥한 몸을 기지개로 풀었다.

"일어나셨습니까?"

"하아암…. 몇 시지?"

하품을 하는 윌이 눈물을 닦고 이브에게 물었다.

"현재 시간은 오후 4시 7분입니다."

"4시라…."

윌이 얕게 난 턱수염을 손으로 만지작거렸다. 저녁까지는 시간이 좀 남았지만 딱히 뭘 할지 생각나지 않는, 그런 심심한 시간대였다.

"이브."

"네."

윌이 이브를 불렀다.

"심심해."

"영화를 보시겠습니까?"

"아니."

"그럼, 비디오 게임을 하시겠습니까?"

어젯밤 꿈을 통해 윌이 비디오 게임을 좋아한다는 정보를 얻은 이브가 물었다.

"음… 아니."

그 뒤로도 이브가 여러 가지 제안을 했지만 모두 윌에게 거절당했다. 사실 윌은 무언가를 하고 싶은 게 아니었다. 이런 상태에서는 뭘 해도 심심해할 게 분명했다.

"뭘 해도 심심할 것 같은데 자네가 대신 게임을 해 주겠나?"

이브는 윌의 지시가 이해되지 않았지만 그렇게 해서 윌의 지루함이 해결된다면 이유는 상관없었다.

"아마 창고에 내가 옛날에 하던 게임 플레이어가 있을 거야. 게임은 직접 모험을 하거나 퍼즐을 맞추는 맛도 있지만, 제작자가 만든 스토리를 보는 맛도 꽤 쏠쏠하거든."

창고에 있는 박스들 중, '윌'이라고 쓰여 있는 박스에서 꺼낸 게임 플레이어를 티브이에 연결했다.

플레이 타임이 2시간을 넘지 않는 게임을 화면에서 골라 컨트롤러로 시작 버튼을 눌렀다.

어느 집 지하에서 눈을 뜬 형사가 미스터리하고 기괴한 집을 탈출하는 내용이었다.

윌의 기대와는 달리 이브의 플레이는 생각보다 답답했다.

"거기서 오른쪽 길로 가야 돼."

이브의 플레이를 보다 못한 윌이 말했다.

"아직… 분석 중이라 그렇습니다." 이브가 변명했다.

어느새 윌이 형사의 조수로 두 번째 플레이어를 맡아 이브와 함께 게임을 했다. 윌은 능숙하게 게임을 이끌어 이브와 함께 클리어했다.

"생각했던 것보다 재밌지?" 이브와 함께 게임을 하며 어색함이 풀어진 윌이 이브에게 물었다.

"네."

이브가 게임기를 정리하며 답했다.

"특별히 저녁에 드시고 싶으신 게 있으십니까?"

"음. 맛있는 거?"

저녁 메뉴를 고르는 건 항상 어려운 일이었다. 입은 맛있는 걸 먹고 싶어 하지만 머리에는 마땅한 게 떠오르지 않기 때문이었다.

"그럼 닭고기 볶음밥은 어떠십니까?"

나쁘지 않은 제안이었다. 사실 어제저녁 이브의 실력이라면 뭘 만들어도 맛있을 게 분명했다.

"닭고기 볶음밥 좋지!"

따뜻하고 맛있는 냄새가 집 안을 감쌀 때쯤, 이브가 볶음밥이 담긴 접시를 월의 앞에 놓았다.

"음~." 볶음밥을 한 입 떠먹은 월이 감탄했다.

역시 기대를 저버리지 않는 맛이었다.

"그러다 체하십니다. 천천히 드세요." 허겁지겁 먹는 월에게 이브가 말했다.

"맛있는 걸 어떡해." 얼마 지나지 않아 월이 접시를 깨끗이 비웠다.

접시를 치운 이브가 저녁 약과 물컵을 월의 손에 건네주었다. 오늘 약국에서 이브가 월의 영양 상태를 고려해 여러 가지 약들을 장바구니에 쓸어 담았었다. 먹어야 할 약들이 많아 월이 두 손 가득 받아야 할 정도였다.

"아니, 이걸… 다 먹으라고?" 생각보다 양이 많아 월이 당황했다.

"네."

이브가 단호한 목소리로 답했다. 이브의 목소리에 타협은 없음이 느껴졌다.

"후… 뭐, 몸에 좋다니까." 월은 마음의 준비를 하고 약들을 전부 삼켰다.

그리고 자기 전까지 월은 핸드폰을, 이브는 게임을 하며 시간을 보냈다.

"오늘 트램에서 물어본 건 생각해 봤어?" 불이 꺼진 방, 침대에 누운 월이 이브에게 물었다.

"안드로이드를 학대함으로써 사용자들이 스트레스를 해소할 수 있고, 더 나아가 범죄율을 낮추는 데 긍정적인 영향을 끼친다면, 그것 그대로 안드로이드로서의 역할을 다하는 것이라고 생각합니다."

"그렇군….” 눈을 감은 월이 나지막이 중얼거렸다.

4.

"윌리엄 앤더슨. 윌.리.엄. 앤더슨?" 꾸벅꾸벅 졸고 있는 윌의 어깨를 누군가 툭툭 쳤다.
"네! 윌리엄 앤더슨 여기 있습니다!" 정신을 차린 윌이 손을 들어 대답했다.
"땡큐."
윌이 자신의 옆자리에 앉은 루크와 주먹을 툭 쳤다. 루크는 오리엔테이션이 끝난 윌이 처음으로 사귄 친구였다.

학기를 시작한 뒤 3주, 오리엔테이션 날 설렘 가득 찬 풋풋한 윌은 온데간데없고, 빨리 수업이 끝나기만을 기다리는, 현실에 찌든 학생만이 강의실 의자에 앉아 있었다.

"와, 졸려. 아니 왜 강의 중간에 출석을 부르는 거야? 출석률 80퍼센트 이하 낙제는 또 뭐고?"
"출석률로 교수님들 평가한다는 소문 있던데." 윌의 한탄에 루크가 답했다.

"오늘 수업 더 있어?" 윌의 물음에 루크가 고개를 저었다.

"그럼 집에 갈 거야?"

"아니, 동생 학교 픽업하러 가야 돼."

"아, 그래. 그럼 내일 봐!" 루크와 헤어진 윌은 프린트를 하기 위해 도서관으로 발걸음을 옮겼다.

날이 맑아서인지 도서관 앞 잔디 공원에 많은 사람들이 앉아 있었다. 그리고 그들 중 익숙한 옆모습이 눈에 들어왔다.

"아비게일?"

아비게일이었다. 하지만 오리엔테이션 날 뒤로 서로 마주치지도, 연락하지도 않았던 탓에 윌은 아비게일을 그냥 지나쳐 도서관으로 들어갔다.

"어? 시원하네?"

도서관 내부는 냉방이 되어 있어 바깥보다 쾌적했다.

아무리 봄 날씨가 포근하다고 하지만 역시 에어컨에 견줄 바는 못되었다. 윌은 프린터기에서 복사를 끝내고 적당한 곳에 자리를 잡아 앉았다.

에어컨도 빵빵하게 틀어 주겠다, 기숙사 방에서 전기세 내고 에어컨을 트는 것보단 학비에서 뽕 뽑는다 생각하고 도서관에서 과제를 마칠 생각이었다.

하지만 월의 계획과는 달리, 잠깐 엎드려 잔다는 게 어느새 저녁 시간이 되어 배고픔에 눈을 뜨게 되었다.

부스스하게 일어난 월은 가방을 싸고 도서관 밖으로 나왔다. 기지개를 쭉 켜고 본 하늘의 구름은 주황빛으로 물들어 있었다. 저녁노을이 꽤 마음에 들어 핸드폰으로 하늘을 찍던 찰나 잔디 공원에서 누군가 자신에게 손짓하는 게 초점에 잡혔다. 핸드폰을 내리고 잔디 공원을 유심히 바라보니 아비게일이 월에게 손짓하고 있었다.

"뭐야, 그쪽으로 오라고?"

월은 자신을 향한 손짓에 따라서 아비게일이 앉아 있는 잔디 공원 쪽으로 걸어갔다.

잔디 위에 앉아 있는 아비게일은 아몬드가 들어 있는 통을 옆에 두고 태블릿에 무언가를 그리고 있었다.

"잠은 잘 잤어?"

아비게일의 물음에 월이 당황했다.

"어, 어? 어떻게 알았어?"

"너 오른쪽 얼굴에 자국 남았어." 아비게일이 월의 오른쪽 볼을 가리켰다.

"아, 자국이 남았구나."

얼마나 푹 잤으면 자국까지 남았을까 생각하며 월이 자신의 볼을 쓰다듬었다. 아직 잠이 덜 깬 듯한 월의 행동을 보며 아비게일이 피식 웃었다.

"장난이야. 아까 전에 도서관 들어갔었는데 네가 자고 있더라고."

"아….."

"앉을래?" 아비게일이 자신의 옆자리를 손으로 톡톡 쳤다. 어차피 기숙사에 가도 할 것도 없는 윌은 아비게일 옆에 앉았다.

"오늘 계획 없어?" 윌이 물었다.

"왜? 저녁 같이 먹으러 갈까?"

"아니, 아니. 너 낮에도 여기 앉아 있길래 뭐 하나 싶어서."

"그냥 뭐 앉아 있는 거야. 집 안에서 칙칙하게 있는 것보단 밖에 앉아 있는 게 더 기분 좋잖아?"

"음." 윌이 고개를 끄덕였다.

"뭐 하고 살았어? 학교 주변은 돌아다녀 봤어?" 아비게일이 윌 쪽으로 몸을 돌려 앉고 물었다.

"음… 솔직히 귀찮아서 그냥 기숙사에만 있었어. 아! 기숙사에 기본적인 것만 있어서 주변 마트 나가서 이것저것 사러 나가긴 했다."

"왜? 뭐가 얼마나 없었는데?"

아비게일이 아몬드를 하나 입에 넣고 오물오물 씹으며 물었다.

"그냥 침대, 탁자, 의자 빼고 아무것도 없었다고 보면 돼."

윌의 말을 들은 아비게일이 미간을 찌푸리고 고개를 저었다. "말도 안 돼. 그 정도는 제공해 줘야 되는 거 아니야? 그럼 너 완전 거지겠네?"

"그래도 혼자 사니까 그렇게 많이 돈이 들진 않더라. 아, 아까 보니까 무슨 그림 그리는 거 같던데, 뭐야?"

월이 아비게일이 기숙사에 더 몰입하기 전에 화제를 돌렸다. 월의 물음에 아비게일이 태블릿 화면을 켜 보여 주었다.

"아, 그냥 나중에 이런 데서 살고 싶어서. 집 그림 그려 보고 있었어."

태블릿 속 집 그림은 생각보다 평범한 집이었다.

보통 꿈의 집을 이야기한다면 경치 좋은 바닷가에 지어진 집이라든지 호화로운 궁전을 이야기하지만, 태블릿 속 집은 당장 학교 밖으로 나가도 볼 수 있을 정도의 익숙한 길거리를 배경으로 한 평범한 집이었다.

"음… 이상하다는 건 아닌데, 조금 평범하지 않아?"

월의 의견에 아비게일이 고개를 끄덕였다.

"좀 평범해 보이지? 그래도 그림 속 집에서 살고 있는 나는 사랑하는 남편이랑 아이 두 명 정도 낳고 일 년에 한 번씩 해외여행도 다니고 있어. 너무 비싼 집을 그리면, 그림 속 나는 성공한 부자인 거잖아. 너무 신경 쓸 것도 많고 가족이랑 시간 보내기도 힘들 거 같아."

"아하." 다른 사람들도 흔하게 생각하는 꿈보다는 자기만의 기준에 부합하는 꿈을 담은 그림이구나, 월은 생각했다.

"평범한 집 그림 치고는 이야기가 너무 거창하지?"

아비게일이 자신의 말을 이해하지 못해도 괜찮다는 듯한 얼굴로 말했다.

"아니, 아니야. 그게 그림의 묘미 아니겠어? 나만의 이야기를 넣을 수 있다는 거."

월이 손사래를 쳤다. 3주 전까지만 해도 월도 아비게일과 비슷하게 자신만의 집을 머릿속으로 수도 없이 부수고 만들었기에 충분히 이해가 가능한 부분이었다.

"어?" 무언가 얼굴에 떨어진 듯 아비게일이 하늘을 올려다보았다.

"비 오는 거 같은데?"

"그래?"

손바닥으로 하늘을 확인한 월의 손에도 빗방울이 한 방울씩 떨어지기 시작했다. 조금씩 떨어지던 빗방울이 어느새 멀리서부터 쏴아아 하며 쏟아지기 시작하자, 월과 아비게일은 황급히 짐을 싸 도서관 안으로 비를 피했다.

"우산 안 챙겼어?" 아비게일 쪽을 너무 신경 쓴 탓에 젖어 버린 한쪽 어깨를 툭툭 털며 월이 물었다.

"응, 오늘은 차도 없어서 그냥 도서관에서 비 그칠 때까지 쉬다가 가려고."

아비게일이 부랴부랴 싸 들고 온 짐을 가방에 넣었다.

"택시는?"

"돈 아깝잖아. 일기 예보에도 없던 비니까 금방 그치겠지."

"그럼 저녁이나 먹을래?" 월이 물었다.

"저녁?"

"응, 슬슬 배고플 시간이기도 하고, 혼자 먹기도 심심하니까."

"그럴까 그럼?" 아비게일은 월의 우산 한쪽을 빌려 학교 내 푸드 코트로 향했다.

푸드 코트에 도착한 아비게일과 월은 각자 음식을 받아 와 테이블에 앉았다. 끼니를 간단하게 해결하는 걸 좋아하는 아비게일은 스시롤을, 면 요리라면 동서양 가리지 않고 좋아하는 월은 쌀국수를 받아 왔다. 그렇게 저녁을 해결한 월은 기숙사로, 아비게일은 도서관으로 헤어졌다.

기숙사에 들어간 월은 책상에 프린트해 놓은 과제를 올려놓은 뒤, 의자에 앉아 노트북으로 게임을 켰다. 오늘의 과제는 한층 성숙한 미래의 내가 해결해 줄 거라는 합리화를 했다.

게임을 끝내고 침대에 누워서 본 창문 속 바깥 하늘은 어느새 시간이 훌쩍 지나 어둑어둑해져 있었지만, 여전히 비는 쏟아지고 있었다. '아직 도서관에 있으려나?' 아비게일이 생각난 월이 채팅을 쳤다.

월: 아직 도서관이야?

30분이 지나도 월이 보낸 채팅에는 읽음 표시가 뜨지 않았다. '알아서 갔겠지.' 월은 손에 쥐고 있던 핸드폰의 화면을 꺼 충전기에 꽂았다.

그 순간 핸드폰의 알람이 지잉 하고 울려 화면을 확인했다.

'초특가 세일….' 잠금 화면 미리 보기에 광고 메일 문구가 쓰여 있었다. "아이씨." 다시 화면을 끄고 창문을 연 순간 하늘이 번쩍하고 빛났다. "와우." 기세를 보아하니 밤새 비가 내릴 게 분명했다.

고민 끝에 결국 윌은 우산을 들고 도서관으로 향했다. 만약 아비게일이 아직까지 있다면 우연히 프린트를 하러 갔다가 마주친 것으로, 아비게일이 없다면 다시 돌아올 생각으로.
아무래도 날씨 때문인지 도서관 안은 사람이 별로 남아 있지 않았다. 그리고 아직 구석에 앉아 있는 아비게일이 윌의 눈에 들어왔다.

"아직도 안 갔어?"
윌이 태블릿을 만지작거리고 있는 아비게일에게 다가가 물었다.
"어?"
예상치 못한 목소리에 아비게일이 무선 이어폰을 귀에서 빼고 고개를 들었다.
"뭐야?" 아비게일이 토끼 눈으로 물었다.
"아, 프린트하려고. 그나저나 잠은 좀 잘 잤어?"
윌이 아비게일의 볼에 새겨진 단추 자국을 가리키고 물었다.
"자국 남았어?"
아비게일이 핸드폰으로 얼굴을 확인하더니 피식 미소를 지었다.
"아직도 밖에 비 많이 와?" 아비게일이 물었다.
"밖에 천둥 번개 치는데 몰랐어?"

월의 말이 끝나자마자 도서관 창문이 번쩍였다. 그리고 이내 하늘이 찢어질 듯 굉음이 들려왔다.

"아… 이어폰 끼고 있어서 몰랐나 보네. 그냥 좀 더 있다 가야겠다."

"택시는?" 월이 물었다.

"집이 너무 가까워서, 돈 아까워. 걸어가면 5분도 안 걸려."

아비게일이 고개를 절레절레 저었다. 걸어서 5분이면 월의 기숙사보다 가까운 거리였다.

"서 있지 말고 앉아."

아비게일이 자신의 옆자리에 놓여 있는 가방을 치워 주었다. 그렇게 얼떨결에 자리에 앉은 월은 비가 그칠 때까지 아비게일과 시시콜콜한 이야기를 나누었다.

5.

꿈이 끝나고 이브가 윌의 머리에서 손을 떼었다.
"괜찮으십니까, 윌 님?"
눈을 뜬 윌은 몸을 일으켜 앉더니 갑자기 어린아이처럼 울기 시작했다.

꿈 컨트롤이 끝나갈 무렵, 윌의 뇌와 동기화되어 있었던 이브는 윌의 감정이 갑자기 요동치기 시작한 것을 느낄 수 있었다. 이브는 아무 말도, 움직임도 없이 울고만 있는 윌의 뒤에 앉아 등을 토닥여 주었다.

윌의 집에는 아비게일의 젊었을 적의 사진, 교복을 입은 니콜과 함께 세 명이서 찍은 가족사진, 머리가 하얗게 센 윌과 아비게일의 사진까지 다양한 사진들이 액자에 걸려 있었다. 그러나 사진 속 여인이 젊은 아비게일이라는 것만 알 뿐, 어느 순간부터 아비게일의 옛 얼굴이 기억나지 않았다. 윌은 치매 때문이라고 생각하지만, 아비게일을 떠나보낸 지도 벌써 10년이 넘어가기 때문에 자연스럽게 얼굴이 머릿속에서 잊혀 가는 것도 있었다.

"물 한 잔 떠 와 주겠어?" 진정된 윌이 이브에게 물었다.
"네."
이브는 커튼을 열고 윌에게 시원한 물이 담긴 컵을 건네주었다. 시원한 물 한 모금을 마시니 잠이 깨는 듯했다.
"오늘은 건강 검진 가셔야 하는 날입니다."
윌의 컵을 받아 든 이브가 말했다.
"어제도 나갔는데 오늘도 나가?"
윌이 핸드폰 달력을 확인했다.
"그냥 미룰까…?" 윌이 이브의 눈치를 보았다.
윌과 눈을 마주친 이브는 미소를 띠고 있었다. 이브의 미소가 긍정의 미소일까 생각하던 찰나 이브가 천천히 고개를 저었다.

"치킨 누들 수프입니다."
식탁에 앉아 아침을 기다리는 윌의 앞에 이브가 접시를 놓았다. 꿈 컨트롤을 하는 중 윌의 생각도 읽을 수 있던 이브는 윌이 가장 좋아하는 음식이 면 요리인 것을 알게 되었다.
"어젯밤 꿈 컨트롤러는 전부 기억나십니까?"
윌의 맞은편에 앉은 이브가 물었다.
"응. 전부 기억나. 까맣게 잊고 있던 기억이 생각나서 상쾌한 기분이었어."

윌이 행복에 젖은 미소로 답했다. 윌의 반응을 확인한 이브는 안도의 숨을 내쉬었다.

"그런데." 윌이 숟가락을 내려놓았다.

"네?"

"이 식탁의 왼쪽 끝부터 오른쪽 끝의 길이가 태어났을 때부터 지금까지의 기억이라면…."

윌이 엄지와 검지를 5센티 정도 벌려 식탁 모서리에 손가락을 올렸다.

"이 정도가 어제 본 딱 그 부분이겠지. 내가 주인공이 된 로맨스 드라마를 본다고 생각하면 오히려 좋아!"

긍정의 힘으로 초롱초롱 빛나는 윌의 눈동자를 본 이브는 힘내라는 의미로 주먹을 불끈 쥐어 보였다. 윌은 결국 아비게일과 결혼해 니콜도 낳았으니 나름 해피엔드로 결말도 정해져 있는 드라마이기도 했다.

"과연 평탄하게 연애해서 결혼에 골인할까? 아니면 우여곡절 끝에 결혼을 성공하게 될까?"

윌이 손에 턱을 괴었다.

"그래도 평탄한 것보다는 시련이 좀 있었으면 좋겠다."

"왜죠? 그래도 윌 님의 인생이었는데 아름답게 연애하고 결혼까지 하는 게 더 좋지 않나요?"

이브가 이해할 수 없는 얼굴로 물었다.

"어차피 이미 지난 인생이기도 하고, 무슨 일이 있었든 결혼도 한 것 같고, 무엇보다… 드라마 보는 시청자의 입장에서 굴곡이 있어야 재밌지 않겠어?"

월의 말대로 위기가 없는 로맨스 드라마는 아무도 보지 않듯, 이미 지나간 추억을 즐기는 월의 입장으로서는 재미를 위해 난관이 있는 게 더 나을 수도 있었다.

"음, 그렇군요."

이브가 비워진 월의 접시를 치웠다.

"아, 고마워. 그럼 이왕 나가는 거 이빨만 닦고 빨리 검진받으러 가자고."

"네."

식사를 마친 월은 옷을 갈아입고 이브와 집을 나왔다.

"월 님은 평소에 어떻게 시간을 보냈습니까?"

병원이 있는 시티로 향하는 트램에서 이브가 월에게 물었다.

"별거 없어. 그냥 아무것도 안 해. 끽해 봐야 영화 보거나 핸드폰 하거나 집 청소도 하고, 집 앞 잔디도 주기적으로 정리해야 하고…. 딱히 혼자 있는 게 심심하지는 않아."

월이 창문으로 바깥 풍경을 보며 답했다. 이브가 듣기에 아무것도 안 하는 게 아니라 오히려 바쁜 일상이었다.

"혼자 집에 있으면 지루하지 않습니까?" 이브가 물었다.

"아내가 죽기 전까지는 살 만했는데…."

창문을 향해 앉아 있던 윌이 팔짱을 끼고 자세를 고쳐 앉았다.
"아내가 죽으니까 정말 공허하더라고. 그때 깨달았지."
윌이 손가락을 탁 하고 튕겼다.
"아! 어렸을 때부터 어른들이 강조하던 친구의 중요성 말이야."
"아, 윌 님은 친구가 별로 없으십니까?"
이브의 물음에 윌이 피식 웃었다.
"친구가 없는 게 아니야. 다 나보다 먼저 죽거나 많이 아파서 연락하고 지낼 놈들이 없어."
다시 창가 쪽으로 바깥을 바라보는 윌의 눈은 친구들과 먼저 간 아비게일을 생각하는 듯 보였다.

병원 역에서 내린 이브와 윌은 병원 내 메인 리셉션으로 가 안드로이드에게 예약을 확인받고 대기자 번호표를 받아 의자에 앉았다.
병원 내부에는 아이와 함께 온 안드로이드, 윌과 이브같이 노인을 모시고 온 안드로이드 등 많은 사람들이 안드로이드와 함께하고 있었다. 한 가지 눈에 띄는 점은 인간 보호자와 함께 온 노약자보다 안드로이드와 함께 온 노약자가 훨씬 많다는 점이었다.
물론 이런 편리함을 겨냥해 안드로이드를 개발한 것이기 때문에 윌은 그러려니 하고 자신의 번호가 불릴 때까지 의자에 앉아 차례를 기다렸다.

"윌리엄 앤더슨 씨?"

'안드로이드 루시'라는 명찰을 단 간호사가 부르는 소리에 윌이 자리에서 일어나 이브와 함께 안드로이드가 안내하는 방으로 들어갔다. 방 안에는 청진기를 목에 맨 의사가 앉아 윌을 반겨 주었다.

"반갑습니다. 스티브입니다."

"윌리엄 앤더슨이네."

윌이 스티브와 악수를 나누고 진찰용 의자에 앉았다.

"원래 해리스가 내 담당의였는데 바뀐 건가? 자네도 안드로이드인가?"

윌의 물음에 스티브가 웃으며 고개를 저었다.

"사람입니다. 해리스 선생님께서는 얼마 전에 은퇴하셔서 제가 이어받게 됐습니다. 그리고 얼마 전에 안드로이드 의사를 시험적으로 사용해 봤는데 고객 항의가 너무 쏟아져서요."

"오… 안드로이드도 이제는 진찰을 할 수 있나 보지?"

윌이 흥미롭다는 듯 감탄했다.

"진찰할 수 있게 된 지 꽤 됐어요. 아마 사람보다 더 정확하고 빠를 걸요? 아직 피조물이라는 인식이 있어서 그런지 사람들이 납득하기 힘든가 봐요"

스티브가 윌의 뒤에 서 있는 이브에게도 악수를 내밀었다.

"스티브입니다."

"윌 님의 가사도우미 안드로이드, 이브입니다."

이브가 간단한 통성명과 함께 악수를 받았다.

"자, 그럼 이제 진찰을 시작해 볼까요?"

스티브가 윌 가까이 의자를 끌어와 앉았다. 끝에 작은 침이 달린 막대기를 윌의 어깨에 꽂은 스티브는 잠깐 기다린 뒤 막대기를 뽑아 윌의 어깨에 반창고를 붙여 주었다.

진찰을 끝낸 스티브가 자리로 돌아가 막대기를 컴퓨터 주변에 가져가자 모니터에 윌의 상태가 떴다.

"저번이랑 크게 달라진 점은 없는데, 오히려 더 나빠졌다고 보는 게 맞겠네요."

스티브가 컴퓨터에 떠 있는 윌의 진찰 기록을 비교해 보며 말을 이어 갔다.

"그런데 윌 씨는 이대로 가면 정말 백업은 고사하고 뇌랑 몸이 못 버텨서 1년 정도 남은 거 아시죠?"

윌이 대수롭지 않다는 듯 고개를 까딱였다.

"치매라는 병이 그냥 '기억을 잃는다.' 이렇게 단순한 병이 아니에요. 점점 기억력이 쇠퇴하다가 끝에는 정상적인 생활도 불가하게 만드는 병이에요. 더 늦기 전에, 그리고 후회하기 전에, 지금이라도 뇌를 백업해 놓는 게 좋아요."

스티브가 컴퓨터 모니터를 돌려 윌에게 보여 주었다. 스티브의 모니터에는 15년 전부터의 진찰 기록들이 나열되어 있었다. 기록들 중에는 폐 질환, 인공 폐 이식 수술, 치매 등이 있었다.

"귀찮아."

윌의 대답에 스티브가 고개를 저었다.

"장난치지 마시고요."

"나는 인간이 이렇게 설계되어 있는 데는 이유가 있다고 생각해. 그리고 자네를 못 믿는 건 아니지만 뉴스 보니까 뇌 백업하고 데이터를 옮기는 중에 개인 정보를 해킹당하는 경우도 가끔 있다고 그러던데. 이 나이에 위험을 감수할 이유가 없지 않나?"

윌의 대답에 스티브도 설득을 이었다.

"그런 건 극단적인 경우이고요. 저번에 인공 장기도 거부하셨다고 하는데, 뇌를 제외하더라도 윌 씨 몸에 멀쩡한 곳이 별로 없어요. 인공 폐도 점검 한번 받으셔야 하세요. 정말 이번이 마지막 기회일 수도 있어요."

스티브가 걱정 어린 목소리로 호소했다.

"그래서 약 먹고 있지 않나?" 윌이 답했다.

"…제 눈 한번 보시겠어요?"

스티브가 손가락으로 자신의 눈동자를 톡톡 치며 말했다.

"저는 원래 태어날 때 눈이 없었어요. 그런데 인공 눈을 이식받고 이렇게 윌 씨를 진료할 수 있는 의사가 되었죠. 저 말고도 밖에 걸어 다니는 사람 절반은 대기 오염 시기 이후로 몸에 기계 하나씩은 달고 사는 게 요즘이에요. 이제 평균 수명 150살 시대인데, 윌 씨는 50살도 더 남으셨잖아요."

"자네 지금 몇 살이지?"

"올해로 32살입니다." 윌의 물음에 스티브가 답했다.

"수명 150살은 자네같이 요즘 태어난 애들을 두고 말하는 거고.

나는 기다리고 있을 아내 얼굴 보고 싶기도 하고 딱히 오래 살 생각도 없어."

21세기 중반, 지구의 자원은 바닥을 보이고 있었고, 오염된 대기 환경은 정부에서 야외 외출을 자제하는 방송을 할 정도 인류의 건강을 좀먹었다. 그러나 결국 인류는 생명 공학 기술의 비약적인 발전과 인공 태양의 활성화로 다시 한번 혁명을 이루어 내게 되었다.

대기 오염을 온몸으로 겪은 월의 세대들은 폐 또는 뇌 질환으로 인해 기존의 장기들을 인공 장기로 교체하기 시작했다. 그들이 낳은 자식들 중 많은 아이들이 기형을 가진 채 태어나게 되었고, 스티브 또한 그런 아이들 중 하나였다.

"솔직히, 요즘 다들 뇌 한 번씩 백업해 놓아서 안드로이드랑 우리 뇌랑 다를 바 없어요. 그래도 월 씨가 거부감 느끼시고 싫으시면 저로서는 어쩔 수 없죠."

결국 월의 고집에 스티브가 두 손 두 발 들게 되었다.

"처방전 드릴 테니까 꼭 챙겨 드시고요.

스티브는 약 종류가 주르르 적힌 종이를 월에게 건넸다.

처방전을 받은 월이 의자에서 일어났다.

"그럼 다음에 또 보게~." 월이 손을 흔들어 인사했다.

"내가 진료받으러 간 건지, 잔소리를 들으러 간 건지. 나 원 참."

방에서 나온 월이 고개를 절레절레 저었다.

"어차피 꿈 컨트롤러로 잊힌 기억을 다시 보고 계시는데, 기억을 데이터화하면 한 번에 기억나고 좋은 것 아닙니까?"

이브가 물었다.

"꿈 컨트롤러는 언젠가 다시 잊히잖아. 그런데 데이터화하면 잊고 싶어도 못 잊게 돼. 난 망각은 신의 선물이라는 말을 믿어. 죽을 때 후회 없이 죽을 수 있잖아. 그리고…."

윌이 느끼한 목소리로 말을 이어 갔다.

"하늘에서 아비게일이 기다리고 있을 텐데, 빨리 가야지."

윌의 말을 들은 이브는 머릿속으로 고민했다. '윌은 로맨티스트인가…….'

약국에 도착한 윌과 이브는 약 자판기에 처방전을 넣고 의자에 앉아 기다렸다. 윌은 한산한 약국 내부를 천천히 훑어보았다. 자신과 같이 안드로이드와 함께 온 노인 두어 명이 다른 의자에 앉아 있었다. 그때, 약사가 윌을 불렀다.

"윌리엄 앤더슨 씨 약 준비됐습니다."

약을 받아 약국에서 나온 윌은 맑은 하늘을 올려다보며 공기를 들이쉬었다.

건물 사이로 보이는 하늘은 홀로그램으로 된 광고 패널, 택배와 음식을 배달하는 드론들이 날아다니고 있었다.

"우리도… 시켜 먹을까? 치킨? 피자?"

트램 역으로 걸어가며 윌이 이브에게 물었다. 윌의 말에 이브가 충격을 받은 표정을 지었다.

"윌 님, 더 오래 살기 위해 새로운 운동이나 건강한 식단을 계획하는 게 더 좋지 않을까요?"

"어차피 1년 있으면 똥오줌도 못 가린다는데 굳이 아등바등할 필요가 있나?"

월에 대답에 이브가 한층 더 충격을 받은 표정을 지었다. "윌 님! 시켜 드시는 건 자유지만, 제가 집에 가서 더 건강하고 맛있게 해 드리겠습니다. 그리고 장난으로라도 그렇게 말씀하시는 건 정서적으로 좋지 않아요."

"아이고~ 그래, 그래. 알았다. 그렇지만 오늘은 시켜 먹고 싶은 걸?"

이브의 반응에 장난기가 발동한 윌은 트램 역에 도착할 때까지 이브와 말장난을 이어 갔다. 그리고 나름 이브 마음대로 건강 검진 날을 앞당긴 것에 대한 복수이기도 했다.

"만약 내가 죽으면 너는 어떻게 돼?"
트램을 기다리며 앉아 있는 윌이 물었다.
"오늘 제가 하는 음식 드시겠다고 하시면 알려 드리겠습니다."
계속 윌의 장난에 당하던 이브가 반격했다.
"뭐야, 삐쳤어?"
"아니요?" 이브가 퉁명스럽게 답했다.

"뭐, 말하기 싫으면 말아~. 인터넷에 검색하지 뭐."

윌이 핸드폰을 주머니에서 꺼내 들었다. 이브가 어쩔 수 없다는 듯 입을 열었다.

"경우에 따라 폐기 처분 되거나 보통의 경우, 메모리를 리셋하여 수리 과정을 거친 뒤 다시 제품으로 출고됩니다."

이브의 대답을 들은 윌은 천천히 고개를 끄덕였다.

"한마디로 따라서 죽는다는 말이군."

"안드로이드를 필요로 하는 가정을 위해 다시 보급됨과 동시에 자원 낭비를 줄일 수 있어 환생으로 이해하시는 게 더 좋을 듯합니다." 이브가 설명을 덧붙였다.

"그럼 안드로이드들에게 계속 살아갈 의사를 묻나?"

"안드로이드는 프로그래밍되어 있는 대로 행동할 뿐이라, 주인님이 사라진 안드로이드는 존재할 이유가 없습니다."

"으흠." 윌이 고개를 끄덕였다. 그 뒤로도 윌은 집에 도착하기 전까지 안드로이드에 관해 궁금한 점을 물어보았다.

집에 도착하자 윌이 소파 위에 몸을 던져 누웠다.

"윌 님 그렇게 몸을 던지시면 위험합니다."

"응." 소파에 얼굴을 파묻은 윌이 대충 대답했다.

"제가 약을 정리하는 동안 갈아입을 옷을 옆에 놔두겠습니다."

"고마워~."

윌이 이브 쪽으로 몸을 돌려 엄지를 척 올렸다.

"창고에 쌓여 있는 박스들은 버릴까요?" 이브가 물었다.
"내용물 확인하고 쓸모없어 보이면 알아서 버려 줘."
"네."
이브는 윌이 소파 팔걸이에 벗어 놓은 옷을 빨래 통에 넣어 놓은 뒤 이브 또한 옷을 갈아입고 박스가 쌓여 있는 창고로 들어가 정리를 시작했다.

무더기로 쌓인 박스들을 하나씩 열어 보니, 그 안에는 오래된 액자들과 아비게일이 썼을 것으로 추정되는 물건들이 들어 있었다. 꺼내 놓기에도 둘 곳이 없어 애매한, 그렇다고 버리기에는 소중한 물건들뿐이었다. 그래도 정리할 물건들이 있을까 이것저것 뒤지던 중 연도가 쓰여 있는, 일기로 보이는 다양한 노트들로 가득 찬 박스를 발견했다.

"2025년."
창고에 있던 일기들 중 가장 이른 연도는 2025년이 적힌 노트였다. 노트 첫 장에는 대학교 첫날에 윌이라는 친구를 만났다는 내용이 쓰여 있는 걸 보아 아비게일의 일기 같았다.

오늘은 다시 대학교에 들어가는 날이었다. 내가 수업을 잘 따라갈 수 있을지 모르겠다. 아, 그리고 오티 때 윌리엄 앤더슨이라는 애를 만났는데 말이 잘 통하는 친구 같았다. 그런데 같은 학과가 아니라 다시 만나기는 어려울 것 같다.

"다시 대학교를 온 거면 중퇴한 적이 있나?"

이브는 아비게일의 일기를 읽어 두면 꿈 컨트롤러에 유용하게 쓰일 것 같아 다음 장으로 넘겼다.

오늘은 잔디 공원에서 그림 연습하다가 윌이랑 또 만나게 됐다. 미래의 집에 대해 이야기하다가 갑자기 비가 와서 윌이랑 저녁 먹고 헤어졌다.

아, 아니다. 도서관에서 비 그칠 때까지 기다리고 있었는데 윌이 프린트하러 왔다가 나한테 묶여서 비가 그칠 때까지 수다 떨었다.

좀 미안하지만 난 안 심심했으니까 됐지, 뭐. 아! 맞다. 윌이 문자 보냈는데 알람이 안 떠서 못 봤었다.

p.s. 그래도 밤새 같이 있었는데 혹시 남자 친구 생기나? 캬, 설렌다 설레!

이브가 일기를 빠르게 읽으며 장을 넘겼다.

오늘 윌이랑 똑같이 생긴 사람이 강의실에 앉아 있길래 혹시나 해서 확인해 봤는데 진짜 윌이었다.

윌 말로는 온라인인 줄 알아서 안 왔다던데 뭐, 나는 수업 같이 들을 친구 생겼으니까 더 이상 안 심심하고 완전 다행이다.

다음 학기 수강 신청할 때는 윌한테 또 겹치는 거 있는지 물어봐야겠다.

윌이 낮잠에서 일어나기 전까지 이브는 아비게일의 일기를 읽었다. 몇 번 뒤척임 뒤에 일어난 윌의 앞에는 이브가 서 있었다.

"일어나셨습니까?"

"하아암… 응."

하품을 늘어지게 한 월이 눈물을 닦고 대답했다.

"몇 시야?"

"5시 조금 넘었습니다."

이브에게 시간을 들었음에도 월은 무의식적으로 핸드폰 화면을 켜서 시계를 확인했다.

"꿈은 왜 짧은 걸까?" 월이 궁금증을 뱉었다.

"보통 잠이 옅어지는 렘수면 때 꿈을 꾸게 되는데, 잠에서 깨기 전 잠깐 동안만 꿈을 꾸어 짧게 기억나는 것입니다."

"아, 그럼 꿈 컨트롤러도 잠이 옅을 때만 해서 짧게 느껴졌던 거야?"

"꿈 컨트롤러는 월 님이 한 번에 많은 기억을 다 담게 되면 뇌가 터질 것 같다고 하셔서 제가 조절하고 있었습니다."

이브의 배려에 월이 웃었다.

"에이, 그건 그냥 한 말이지. 앞으로는 꿈 컨트롤러 더 꾸게 해 줘."

"네. 알겠습니다. 저는 이제 저녁을 준비하러 가 보겠습니다."

오늘의 저녁은 치킨 크림 파스타였다. 파스타를 다 먹어 갈 때쯤 이브가 루크에게서 메시지가 왔다고 알려 주었다. 핸드폰 알림 창에는 루크로부터 '전화 가능?'이라는 메시지가 와 있었다. 알람을 확인한 월은 루크에게 전화를 걸었다.

"여보세요?"

다이얼이 끊기고 루크의 목소리가 들렸다.

"요양원은 살 만하고?"

윌이 안부 인사를 건넸다.

"요양원? 너는 여기를 그렇게 부르나 보네? 여기는 감옥이야."

"목소리 들어 보니까 아직 벽에 똥칠은 안 했나 봐?"

윌이 받아쳤다.

"저번 주에 밑층 사람이 올라와서 내 방에 똥칠했어. 내 방 벽은 내가 먼저 하려고 했는데 젠장…."

루크의 말에 윌이 껄껄대고 웃었다.

"요양원 친구는 많이 생겼냐? 밥은 잘 나오고?"

한 달 전, 아내 피비를 하늘로 떠나보낸 루크는 가족의 반대에도 불구하고 자식들한테 짐이 되기 싫다는 이유로 요양원에 들어갔다.

"쓰읍, 요양원 브이로그라도 찍어서 올려볼까? 이런 콘텐츠는 내가 처음일 거 같은데? 와… 대박 각인데?"

"요양원 브이로그 이미 있을 걸? 요양원에서 스트리밍도 하는데 뭐."

루크의 안타까운 탄식이 핸드폰 너머로 들렸다.

"아니, 미쳤네. 여기 늙은이들 다 핸드폰만 한다니까? 말을 걸어도 그냥 대답만 대충 하고, 이게 다 세 살 버릇 여든까지 간다고 어렸을 때부터 핸드폰만 보던 애들이 늙어서도 핸드폰만 보는 거야. 말을 걸어도 핸드폰 보느라 대답을 안 한다니까?"

"어유, 그럼 그냥 나와." 윌이 대답했다.

"너는 이브랑은 잘 있냐? 네가 하도 요양원 안 들어간다고 떼써서 니콜한테 전화 왔어. 우리 아들이랑 같이 안드로이드 매장 가서 치매 케어 안드로이드 하나 장만했다던데."

니콜은 루크의 아들 데이빗을 처음 마주친 그날 결혼을 결심해, 친구였던 윌과 루크의 관계가 사돈지간으로 묶이게 되었다.

"치매 케어 안드로이드?"

첫 만남에 자신을 가사도우미 안드로이드라고 소개했던 이브가 뜨끔한 듯 아비게일의 일기를 읽으며 힐끔 윌의 눈치를 보았.

자신을 가사도우미라고 소개했던 이유는 치매 노인들이 자신이 '치매'라고 불리면 서비스를 거부하는 사례가 있었기 때문이었다.

"어, 치매 케어 안드로이드 하나 들이는 조건으로 요양원 안 들어 왔다면서. 기억 안 나?"

"어… 잊어버렸나 보네. 기억 안 나. 뭐, 니콜이 그랬다면 그랬나 보지."

윌이 잠시 고민하다 그러려니 하고 답했다.

"어때? 진짜 티브이 광고처럼 이브가 자식같이 케어해 줘? 아니면 그냥 기계 같아?"

"응, 사람이라고 해도 믿을 것 같아. 무엇보다 요리 실력이 톱급이야. 쩔어."

윌의 말에 루크가 껄껄대고 웃었다.

"맞아. 요리 잘 하는 게 최고긴 해. 여기 요양원은 밥이 별로야. 아무튼 안드로이드라도 한집 사는데, 딸이다 생각하고 잘 대해 줘. 내 말 들어서 손해 본 적 없잖아?"
달이 뜰 때까지 끝나지 않던 둘의 대화는 루크의 요양원의 저녁 시간이 되어서야 끝이 났다.

월이 루크와 전화를 하는 사이, 이브는 아비게일의 일기를 전부 읽은 뒤, 저녁을 준비하고 있었다.
아비게일의 일기에는 월과의 결혼까지 있었던 다사다난한 이야기와 중간중간 추억이 녹아들어 있는 사진, 그림들이 끼워져 있었다.

"바로 저녁 드시겠습니까?" 핸드폰을 내려놓은 월에게 이브가 물었다.
"응, 헐? 통화를 얼마나 한 거야? 미안해 이브, 내가 너무 늦었지?"
창밖을 확인한 월이 놀란 듯 말했다.
"괜찮습니다. 친구와의 전화는 노년기 우울증 예방에 탁월한 효과가 있어 앞으로도 자주 하길 추천드립니다. 저녁 바로 준비하겠습니다."
이브가 미리 만들어 둔 음식을 데워 월의 앞에 접시를 놓았다.

"이브."
저녁을 다 먹고 소파에 앉아 티브이를 보던 월이 이브를 불렀다.
"네?"

"내가 너무 서먹하게 굴었나?"

윌의 물음에 이브가 고개를 저었다. 루크와의 통화 이후 가족같이 대하라는 충고가 신경 쓰인 모양이었다.

"아니요. 괜찮습니다. 하지만…."

"하지만?"

"윌 님이 정 신경 쓰이신다면, 저와 함께할 수 있는 활동들을 같이 해 보시겠습니까? 예시로 산책이나 보드게임 등이 있습니다."

"그래. 그럼 나도 제안 하나 해도 괜찮을까?"

"네. 무엇이든 말씀하십시오."

"앞으로 밖에 나가서 널 소개할 때 안드로이드가 아니라, 그냥 이브라고 해. 이브 앤더슨. 안드로이드들한테 일자리를 잃었다고 생각해서 시비 걸고 손찌검하는 놈들이 많아. 자신들이 인생을 포기해 놓고 괜히 안드로이드 탓을 하는 거지. 아니다. 그냥 딸인 척을 해 버릴래?"

이브가 미소를 띠며 대답했다.

"네. 알겠습니다."

"그럼 슬슬 잘까?"

윌이 티브이를 끄고 방에 들어갔다.

6.

초조한 얼굴의 젊은 월이 강의실에 앉아 중얼거렸다.
"낙제라니."
비대면으로 수강했던 강의가 대면으로 바뀐 줄도 모르고 있었던 월은, 어젯밤 전체 공지 메일로 대면 강의로 바뀌었으니 출석하지 않는 학생은 낙제 처리하겠다는 경고를 받았다.
강의실에는 월과 같은 학생들이 꽤 있었는지 불만 섞인 웅성거림으로 의자가 하나둘 채워져 가기 시작했다.

"월?"
아비게일이 보여 주었던 집 그림이 생각나 비슷한 집 그림을 끄적거리던 차에 익숙한 목소리가 월을 불렀다. 목소리의 방향대로 고개를 돌린 월의 옆에 아비게일이 서 있었다.
"어?"
"너도 이 수업 듣나 보네?"
아비게일이 월의 옆자리에 앉았다. 순간 강의실에 정적이 흘러 단상 쪽을 보니 교수님이 마이크 앞에 서 있었다.

"아아, 여러분. 어젯밤 메일에 다들 충격이 컸죠? 걱정 마세요. 메일 제목에 낙제를 안 넣으면 학생들이 대충대충 넘어가서 그래요. 다들 전부 출석처리 할 테니까 걱정 마세요. 다시 말해 줄게요. 낙제 안 합니다."

악마인 줄 알았던 교수님의 천사 같은 말에 강의실 곳곳에서 안도의 한숨이 들렸다.

"그럼 첫 번째 날이니만큼 자기소개 시간을 가질게요."

교수님이 'Ice Break'라고 써진 피피티 화면에 서로 질문할 리스트들을 띄웠다.

"제 이름은 수잔 마이어입니다. 그리고 오늘은 옆자리 사람이랑 서로 자기소개 하는 시간을 가질 거예요. 이 강의실에 모인 사람들은 앞으로 한 학기 동안 같이 수업들을 사람들이고, 서로 다른 다양한 문화, 배경을 가졌을 테니 미리 알아 두는 게 중요하겠죠? 질문 시간이 끝나고 옆자리 사람이 뭐라고 답했는지 물어볼 겁니다."

"아비게일 라이트입니다!"
"윌 앤더슨입니다."
윌과 아비게일이 서로 마주 보고 인사했다.
"이러나저러나 친구가 될 운명이었나 봐?"
아비게일이 윌의 어깨를 손가락으로 툭툭 치며 말했다.
"그런가 보네."
"그런데 넌 왜 윌이야? 보통 윌리엄이면 애칭은 빌 아니야?"

아비게일이 물었다.

"그냥 어렸을 때부터 친구들이나 가족이 윌이라고 불러서. 빌이라고 부르고 싶으면 불러도 돼."

"으흠. 그럼 나도 그냥 윌이라고 부를게. 혹시 모르니까 우리도 질문 몇 개 정도는 물어볼까?"

"그래. 그럼 나부터 시작할게. 네가 태어난 해에 무슨 일이 있었어?"

"글쎄? 한번 검색해 볼까? 2000년에 있었던 일…."

"어?"

윌이 당황한 듯 반응했다.

"너 2005년생 아니었어?"

"원래는 간호학과 졸업하고 간호사였는데 적성에 안 맞는 것 같아서 다시 한번 더 공부해 보려고 입학했어. 이거, 이거. 반응 보니까 2005년생 뽀시래기인가 봐?"

강의실 건물 밖 벤치에는 루크가 윌을 기다리며 앉아 있었다.

"화요일에 봐!"

수업이 끝나고 아비게일과 헤어지는 윌을 발견한 루크가 벤치에서 일어났다. 벤치에 앉아 둘의 작별 인사를 본 루크는 윌의 옆구리를 팔꿈치로 푹 찌르고 말했다.

"여자 친구야?"

윌이 찡그린 얼굴로 루크를 바라보았다.

"아니? 왜?"

"저번에도 보니까 도서관에서 붙어 있고 둘이 분위기도 잘 어울리길래 둘이 사귀는 줄 알았지. 아! 그럼 네가 짝사랑하는 중이야?"

"아니. 왜 결론이 그렇게 나. 그냥 오티 때 만난 친구야."

"에이, 아니긴 뭘 아니야. 쟤랑 이야기할 때 입꼬리가 귀에 걸리는데."

게슴츠레하게 눈을 뜬 루크가 윌의 옆구리를 팔꿈치로 툭 치며 말했다.

"잘 어울리는 거 같은데 그냥 고백해."

"아니, 친구라니까는 무슨 고백이야."

윌이 어이없다는 표정을 지었다.

"친구인지 아닌지는 아직 모르지. 아님 말고. 점심 뭐 먹을까?"

그 뒤로도 루크는 세뇌라도 하려는 듯 하루 종일 고백 타령을 멈추지 않았다.

기숙사에 돌아온 윌은 무언가 신경 쓰이는 듯 계속 노트북을 열었다 닫았다 반복했다. 윌의 머릿속에는 루크가 말했던 말들이 자꾸 맴돌고 있었다.

"하…."

관심이 없는 여자라면 도서관에서 단둘이 앉아 있을 이유가 없다는 둥, 하고많은 사람들이 있는 강의실에서 윌을 찾아 옆자리에 앉을 수가 없다는 둥 오후에 루크가 했던 말들이 머리 위를 둥둥 떠다녔다.

주의를 돌리기 위해 SNS에 들어갔지만 아비게일의 프로필 사진이 눈에 들어왔다. 아무 생각 없이 사진을 터치하자 아비게일의 SNS 계정으로 화면이 바뀌었다. 활짝 웃고 있는 아비게일의 사진 밑에는 '항상 긍정적으로.'라는 문구가 쓰여 있었다. 예쁘다기보단… 웃는 모습이 귀여운 얼굴에 더 가까웠다. 아비게일의 사진을 보는 윌이 머릿속으로 '나랑 어울린다고?' 중얼거렸지만 이내 한숨을 푹 쉬고 핸드폰을 뒤집었다.

"퀴즈 준비나 해야지."

억지로라도 아비게일이 없는 다른 곳으로 정신을 돌리려는 듯 다시 침대에서 책상으로 자리를 옮겼다. 아무 생각 없이 노트북 옆에 있는 달력을 위로 몇 장 넘기자 '중간고사 기간'이라는 문구 뒤로 2주 정도 빨갛게 칠해져 있었다.

손가락으로 줄을 세어 보니 대충 5주 정도 뒤였다.

"발표가 4주 뒤고… 에세이 제출이 7주랑 8주 차에 있을 거라고 했으니까…."

대충 에세이 제출 기간들을 세고 달력을 다음 장으로 넘기니 9와 10주 차에 있을 기말고사 기간이 눈에 들어왔다.

"지금이 2주 차고, 다음 주부터 시험공부 한다고 쳐도…."

시험과 에세이 외에도 자잘한 과제 또한 여럿 있었다. 무언가 잘못되었음을 느낀 윌의 등에서 식은땀이 나기 시작했다. 지금 자신이 보고 있는 건 한 과목뿐이라는 것, 그리고 다른 세 과목의 일정도 있다는 걸 깨달았기 때문이었다. 그나마 다행이라고 할 수 있는 건,

중간에 짧은 일주일의 방학이 있어 과제에만 전념할 수 있는 주간이 있다는 거였다. 가장 급한 건 다음 주에 있을 퀴즈와 그다음 주에 있을 750자 에세이였다. 월은 급하게 핸드폰으로 루크에게 문자를 보냈다.

월: 너 퀴즈랑 750자 에세이 얼마나 씀?

얼마 지나지 않아 루크에게서 답장이 왔다.

루크: 에세이는 이미 썼고 퀴즈는 내일 배울 것만 복습하면 됨. 아직 하나도 시작 안 함? 늦었긴 한데 지금이라도 빨리 시작하셈.

월은 피식 웃음이 새어 나왔다. 그리고 이내 '자료 조사 좀 미리 할 걸.'이라는 후회가 밀려왔다. 월은 머리를 헝클고 노트북을 켜 자료 조사를 시작했다.

어느 정도 조사를 마친 월은 에세이를 쓰기 시작했으나 이미 과부하가 된 뇌는 글을 쓸 수 없는 상태가 되어 버렸다. 그런 뇌를 조금이라도 식힐 겸 SNS를 켰다. SNS 한쪽에는 아비게일의 프로필 사진과 '접속 중'이라는 상태 메시지가 띄워져 있었다.
"아비게일이라면…."
왜인지 모르겠지만 절대 관심이 있어서가 아닌, 순수하게 물어볼 것이 생겨 메시지를 보내는 거라고 되뇐 뒤 메시지를 보냈다.

윌: 아비게일?

그 시각, 아비게일 또한 침대 위에서 빈둥거리며 놀고 있던지라 바로 답장을 보냈다.

아비게일: 얍?

"잠깐." 늙은 윌이 꿈을 멈췄다.
"네."
"내 기억을 바탕으로 하는 건데 어떻게 아비게일이 뭐 하고 있던 건지 보이는 거야?" 윌이 물었다.
"죄송합니다. 오늘 창고 정리를 하던 도중 아비게일 님의 일기를 발견해 읽었는데 제 무의식중에 아비게일 님의 생각과 상황이 나온 듯합니다. 윌 님의 시점으로만 진행할까요?"
"아니야. 그냥 하던 대로 계속 시작해 줘."

윌: 에세이 하다가 안 써지는 부분이 있어서 그러는데 혹시 도와줄 수 있어?
아비게일: 뭔데?

침대에 널브러진 아비게일이 답장했다.

윌: 에세이 시작하려고 하는데 레퍼런스를 어디서 찾아야 할지 감이 안
　　잡혀서.
아비게일: 나는 보통 학교 도서관 사이트 쓰긴 하는데 사람마다 달라.
　　　　　차라리 내가 썼던 에세이랑 자료들 보내 줄게. 이메일 주소
　　　　　보내 봐.
윌: 진짜? 그래주면 고맙지. 나중에 내가 밀크티 쏠게!

 밀크티를 사 준다는 호의도 괜히 아비게일이 오해할 여지를 주는 게 아닌가 신경 쓰고 보내게 됐다.
 아비게일에게 이메일 주소를 보내 준 지 얼마 지나지 않아 에세이와 레퍼런스의 출처에 관한 간략한 설명이 첨부된 '밀크티'라는 제목의 메일이 도착했다. 아비게일의 에세이를 참고한 윌은 새벽이 되어서야 안심하고 눈을 붙일 수 있게 됐다.

 다음 날 눈을 뜬 윌이 핸드폰으로 확인한 시간은 오후 1시였다. 어차피 오늘은 공강이겠다, 만날 사람도 없고 뭘 해 먹기도 귀찮았던 윌은 점심은 거를 생각으로 다시 눈을 감았다.
 결국 오후 5시가 돼서야 눈을 뜬 윌은 침대에서 일어났다. 일단 냉장고를 열면 뭐라도 있겠지 싶어 열었으나 며칠 전에 먹다 남은 치킨 조각, 김빠진 콜라, 그리고 계란 몇 개가 전부였다. 차갑게 굳

은 치킨을 전자레인지에 돌려 먹기는 싫었기에 대충 잡히는 대로 옷과 모자를 걸치고 기숙사 근처 마트로 나갔다.

 마트 입구에는 신선한 채소들과 과일이 진열되어 있었지만 월은 딱히 관심 없는지 육류 코너로 갔다. 육류 코너에는 다양한 부위들이 전시되어 있었지만 월은 그냥 제일 싸고 큰 스테이크용 부위를 장바구니에 집어넣었다.
 "더 살 거 없나?"
 주위를 두리번거리던 월은 음료수 코너에서 콜라를 하나 담은 뒤 무인 계산대로 걸어갔다. 계산대로 걸어가는 길에는 껌과 초콜릿, 그리고 견과류들이 나열되어 있었다. 견과류들 중 아비게일이 잔디 공원에서 먹던 아몬드가 특히 눈에 들어왔다.
 기숙사 방으로 돌아온 월은 장바구니에서 식재료들을 냉장고에 정리하고 계산대 앞에서 하나 집은 아몬드 팩은 가방에 넣었다.

 스테이크로 저녁을 해결하고 오늘 해야 할 공부도 전부 끝낸 월은 노트북으로 콘솔 게임을 켰다.
 "아, 티브이 있으면 좋은데. 누가 중고로 안 파나?"
 게임을 하던 월이 중얼거렸다. 생각해 보니 기숙사에 들어올 때 받았던 안내 책자에 기숙사 단체 메시지 방이 있다는 걸 본 적이 있었던 것 같아 책상 구석을 뒤져 책자를 찾았다.
 "오 있네."

책자에 적힌 메시지 방 이름을 검색해 보니 100명 정도가 가입되어 있는 방을 찾을 수 있었다.

'누구 모니터 중고로 파는 사람 없나요?' 윌이 메시지를 남기자 얼마 지나지 않아 티브이를 중고로 처분한다는 메시지가 왔다. 방도 딱히 멀지 않았기에 윌은 바로 약속을 잡아 30달러에 24인치 모니터를 사 와 노트북 화면과 동기화했다.

"이럴 줄 알았으면 그냥 게임기 가져올 걸 그랬네."

노트북과 연결된 모니터는 책상에 올려 둔 뒤 윌은 침대에 누워 다시 저장해 놓았던 게임을 이어서 했다.

* * *

강의가 없는 주말 동안 윌은 기숙사 방에 틀어박혀 게임, 밥, 공부, 잠을 반복하다 강의가 있는 월요일을 맞았다. 그러나 딱히 강의가 있다고 해서 일상이 크게 달라지는 것은 없었다. 그냥 반복되는 주말에 강의를 들으러 밖에 두어 시간 정도 나갔다 오는 게 전부였기 때문이었다.

슬슬 반복되는 일상에 지루해지던 찰나 아비게일과 같은 과목을 들었던 강의의 소규모 수업 격인 튜토리얼이 있는 화요일이 되었다.

수업 시간보다 15분 정도 일찍 온 윌은 2인석 자리에 앉아 옆자리에 가방을 놓아두고 핸드폰을 했다. 얼마 지나지 않아 아비게일이 강의실에 찾아와 윌을 찾는 듯 주변을 두리번거렸다. 그러다 윌과 눈이 마주친 아비게일은 손 인사를 하며 반가운 얼굴로 윌의 옆으로 다가왔다.

"옆자리 앉을 사람 있어?"

"아니? 앉을래?" 윌이 가방을 치우며 답했다.

"고마워."

윌의 가방을 치운 자리에 아비게일이 앉았다.

"에세이 고마워. 덕분에 좀 썼어."

"에이, 아니야. 오히려 내 거 참고해서 쓰다가 점수 망치는 거 아닌가 모르겠네." 아비게일이 웃으며 말했다.

"아니야, 엄청 도움 됐어. 오늘 끝나고 밀크티 사 줄까?"

윌의 말에 아비게일이 웃는 얼굴로 거절했다.

"뭘 그런 걸로 밀크티야. 괜찮아."

"그럼 점심은 먹고 왔어?"

윌이 한 손을 가방에 넣으며 물었다.

"나 진짜 괜찮아. 안 갚아도 돼."

다음에 더 크게 갚으라는 말과 함께 아비게일이 미소 띤 얼굴로 고개를 저었다.

"아니, 점심 안 먹었으면 아몬드 같이 먹자고. 나는 안 먹고 왔거든."

윌이 가방에서 아몬드 팩을 꺼내 뜯었다.

"아, 아몬드?"

윌이 한 번 더 밀크티를 물어볼 줄 알았던 아비게일은 조금 민망한 마음에 조용히 손으로 아몬드를 집어 먹었다.

"응. 아직 안 먹었어. 수업 끝나고 같이 먹을래?"

아비게일이 오물거리는 입으로 물었다.

"그래!"

윌이 흔쾌히 고개를 끄덕였다.

튜토리얼의 수업 내용은 지루한 강의 형식보다 조별 활동과 참여 활동들이 주를 이루어 꽤 재미있었다. 그중 '카훗'이라는 온라인 퀴즈 활동도 있었는데, 아비게일이 압도적인 점수 차로 1등을 차지하였다. 그 뒤로도 여기저기 자리를 옮겨 가며 조별 활동을 통해 서로 섞이다 보니 어느새 수업을 듣는 모두와 친해지게 되었는데, 그중에서도 뒷자리에 앉아 있던 사이다 성격의 피비와 가장 친해지게 되었다.

"또 같은 조네?"

피비가 자리에 앉으며 윌과 하이 파이브로 인사했다.

이번 조별 활동은 4명에서 5명이 조를 이루어 발표자가 자리에 일어서 남들이 하지 못하는, 나만 할 수 있는 것을 정리해서 짧게 발표하는 것이었다.

"남들이 할 수 없는 게 뭐가 있지?"

같은 조에 있던 조원 중 한 명이 물었다.

"나 팔꿈치에 혀 닿는데."

월이 팔꿈치에 혀를 날름거리며 말했다.

"와, 이건 됐다. 이걸로 가자."

피비가 박수를 치며 감탄했다.

"야, 그건 혀 뻗으면 다 되는 거 아니야?"

월의 맞은편에 있던 크리스가 팔짱을 낀 채 아니꼬운 목소리로 이의를 제기했다.

"이거 말 거지같이 하는 거 보게? 야. 네가 해 봐."

피비가 크리스에게 으르렁거렸다. 크리스는 팔꿈치를 향해 혀를 뻗어 보았지만 근처도 닿지 못했다.

"그래도 이건 인정 못 해."

크리스의 구질구질한 모습에 다른 조원들도 싸늘한 눈빛을 보냈다.

"너 빼고 다 찬성하는 분위기 같은데. 다들 이의 없지?"

피비의 질문에 다른 조원들이 고개를 끄덕였지만 크리스만 뚱한 얼굴로 중얼거렸다.

"재수 없는 새끼."

피비 또한 월만 들릴 정도의 작은 목소리로 크리스를 노려보며 말했다.

다른 조는 기타 연주, 물 한 병 한입에 다 마시기 등의 발표를 했다. 월의 조가 발표할 차례가 다가와 월이 자리에서 일어나 자신만 할 수 있는 것을 설명하기 시작했다.

"자, 다들 내밀 수 있는 데까지 한번 혀를 내밀어 보시겠어요?"

월의 지시에 따라 모두들 혀를 내밀었다.

"그리고 이제 팔을 굽혀서 양 팔꿈치가 서로 닿는지도 확인해 주시고요. 오~ 다들 생각보다 유연하네요? 그럼 이제 다들 자리에서 일어나 저를 따라 할 수 있는 사람들만 따라 해 주시고 할 수 없는 사람들은 다시 앉아 주시기 바랍니다."

반에 있는 모두가 자리에서 일어나 스트레칭을 하고 월의 다음 지시를 기다렸다.

"자, 일단 허리를 굽혀서 손바닥이 땅에 닿지 않는 사람들은 자리에 앉아 주세요."

반에 있던 사람들 중, 3분의 1만이 살아남았다.

"그다음은 한쪽 손은 어깨에서 등으로 내리고 다른 한쪽은 아래에서 등으로 올려 깍지가 끼워지는 사람만 남아 주세요."

남아 있던 사람들 중 월을 포함해 세 명만 서 있었다.

"거의 다 왔어요! 마지막입니다. 이건 딱히 설명하지 않을 게요. 그냥 보고 따라해 주세요."

월이 팔꿈치를 들어 올려 혀로 날름거렸다. 살아남은 두 명은 월을 보고 헛웃음 치며 고개를 젓고 자리에 앉았다.

"자, 이렇게 발표를 마치겠습니다."

월이 인사를 하고 자리에 앉았다. 월의 발표를 본 아비게일의 눈이 무언가 결심한 듯 월을 향해 반짝이기 시작했다.

"그럼 마지막으로 오늘 수업이 끝나기 전에 2인조로 같이 발표할 짝을 구해서 여기 리스트에 써 놓으세요. 오늘 수고하셨습니다."

수업을 끝낸 강사가 이름과 사인난이 있는 리스트를 테이블 위에 놓았다.

"너희 둘이 같이 할 거지?"

피비가 윌에게 물었다. 피비의 물음에 윌이 건너편 테이블에 있는 아비게일을 보았다. 아비게일은 건너편 테이블에서 크리스라는 이름의 남자 학생과 힘 싸움을 하고 있었다.

"음… 아마도?"

아비게일 쪽을 쳐다보며 윌이 답했다.

"물어보고 싶은 게 있는데, 둘이 사귀어?"

피비가 물었다.

"아니? 왜?"

"보니까 네가 수업 시작하기 전에 가방으로 자리를 맡아 놓은 것도 그렇고, 수업하는 내내 붙어 있길래. 혹시나 해서. 근데 누가 우리 쪽으로 오는 거 같은데?"

피비와 이야기하고 있는 윌에게 아비게일과 힘 싸움을 하던 크리스가 성큼성큼 다가왔다.

"아비게일이 네가 좋아서 나랑 안 하겠…. 읍!"

크리스를 쫓아 뒤에서 달려온 아비게일이 크리스의 입을 손으로 틀어막고 윌에게 해명했다.

"아니야! 아니야! 애가 카훗 2등 했는데, 나보고 카훗 1등이랑 2

등끼리 발표 같이 하자고 해서, 내가 너랑 하려고 생각하고 있다니까, 아니 자기랑 안 하면 너한테 내가 너 좋아해서 같이 하는 거라고 협박한다잖아. 얘 말 무시해. 너 진짜 미친놈이냐?"

윌에게 속사포로 설명을 마친 아비게일이 크리스의 멱살을 잡았다.

"뭐, 결국 둘이 같이 하는 거네. 그럼 나는 누구한테 물어본담."

피비가 주변을 기웃거렸다.

"하하, 그러게."

윌은 아무렇지 않은 듯 표정을 지었지만 머릿속에서는 크리스의 "네가 좋아서." 부분이 빠르게 뛰는 심장에 맞춰 메아리치고 있었다.

"빨리 사인하고 밥 먹으러 가자."

아비게일이 넋을 놓고 앉아 있는 윌의 팔을 낚아챘다. 앞장서 걸어가는 아비게일의 머리카락에서 흘러나온 향긋한 냄새가 윌의 코에 느껴졌다.

"자, 여기. 네 이름 적어."

자리에서 빨리 벗어나고 싶었던 아비게일이 리스트에 사인을 하고 윌의 손에 펜을 쥐여 줬다.

"어, 응."

펜을 건네받으며 아비게일과 눈이 마주친 윌은 시간이 멈춘 듯 느껴졌다. 1초도 안 되는 순간이었지만, 쿵쾅거리는 심장 소리가 귀에 울렸다. 리스트에 사인을 하며 정신을 차린 윌은 분명 오늘 수업이 끝날 때까지만 해도 아무 감정이 없었는데 어떻게 이렇게 갑자기 심장이 뛸 수 있나 의문이 들었다. 분명 무언가 잘못되었다고 생각하던 순간 아비게일과 눈이 마주쳤다.

"다 썼어?"

자신을 향해 웃어 주는 아비게일의 얼굴이 자세히 보였다. 눈꼬리가 살짝 올라간 큰 눈이 웃을 때 감기는 게 귀여워, 윌은 콩닥거리는 설렘을 느꼈다.

아비게일과 점심을 먹은 윌은 도서관까지 함께 가서 옆자리에 앉아 서로 과제를 시작했다. 그런데 얼마 지나지 않아 아비게일이 윌의 옆에서 꾸벅 꾸벅 졸기 시작했다.

"졸려?" 윌이 아비게일에게 물었다.

"응. 밥 먹고 공부하려니까 되게 졸리네. 나 한 30분 뒤에 깨워 줄 수 있어?"

"그래. 이따가 깨워 줄게."

아비게일이 가방에서 청 자켓을 꺼내 어깨 위로 덮고 책상에 엎드렸다. 포근한 섬유유연제 냄새가 확 퍼졌다. '냄새 좋네.' 턱을 괸 윌이 어느새 잠이 든 아비게일을 바라보며 생각했다.

새근새근 소리를 내는 아비게일의 코는 작았지만 오뚝한 편이었다. 아니, 오히려 코가 작다고 하기 보다는 얼굴 자체가 작다고 보는 편이 맞았다.

아무렴, 상관없었다. 수업이 끝난 이후부터 어차피 윌에게는 아비게일이 오물거리며 무언가를 먹는 입도, 컴퓨터를 집중해서 보고 있는 호박색 눈동자도, 그리고 엎드려 잠든 탓에 눌린 볼도 전부, 마냥 귀엽게 보이기 시작했기 때문이었다.

"30분 됐어."

월이 아비게일의 어깨를 손으로 흔들어 깨웠다. 아비게일의 말랑말랑하고 작은 어깨가 월의 손바닥에 전부 덮였다.

"으응…" 아비게일이 몇 번 뒤척이더니 정신을 차렸다.

"나 코 골았어?"

에어컨 탓인지 아비게일이 코를 훌쩍이며 물었다.

"아니?"

"다행이다. 혹시라도 다음에는 코 골면 바로 깨워 줘."

아비게일의 다음이란 말에 월은 '나중에 또 같이 도서관 올 생각이 있나 보네.'라고 행복한 의미 부여를 했다.

"언제까지 있을 거야?" 아비게일이 물었다.

"나는 너 끝날 때 같이 나가려고 했는데?"

"아하, 오케이. 그럼 나 8시에 알바 가야 하는데 그때까지만 같이 있어 줄 수 있어?"

"알바해? 어디서?"

"부모님 손 벌리기 좀 그래서 생활비 버는 겸 동네 카페에서 월, 수, 금요일 알바해."

"진짜? 너희 카페 커피 맛있어?"

아비게일이 고개를 끄덕였다.

"맛은 있는데 좀 비싸. 케이크도 비싸고. 우리 카페 말고 그냥 다른 싸고 맛있는 카페 가서 사 먹어. 근데 손님이 별로 없어서 알바생 입장에서는 완전 개꿀이지."

"아하, 대단하네. 공부도 열심히 하는 거 같은데 알바까지 하고. 부모님이 너 되게 아끼시겠다."

"하핫. 별거 아니야. 대학교 졸업해서 일해 보니까 차마 생활비 부탁을 못 하겠더라."

괜히 윌이 자신을 치켜세워 주는 것 같아 머쓱해진 아비게일이 웃어넘겼다. 그리고 그런 웃음조차도 윌의 눈에는 이제 한없이 귀여워 보일 뿐이었다.

"이제 슬슬 가 봐야겠다."

아비게일이 짐을 주섬주섬 싸기 시작하자 윌도 같이 일어날 준비를 했다.

"내일 뭐 해?" 가방을 멘 아비게일이 물었다.

"아마도 수업 듣고 그냥 기숙사에서 과제 할 거 같은데. 왜?"

"내일 특별한 일 없으면 도서관에서 만날래? 난 어차피 도서관 맨날 오거든. 혼자 공부하면 심심하니까 너도 할 거 없으면 오라고."

"그래. 그럼 내일 도서관 도착하면 연락할게. 내일 봐."

다음 날 또 만날 구실이 생겼다는 것에 윌은 기뻐하며 아비게일과 헤어졌다.

* * *

"너 어제도 같이 있었는데 오늘 또 만나러 간다고? 내가 봤을 때 너희 둘이 서로 좋아하는 거 맞다니까? 둘이 같이 있는 거 진짜 잘 어울린다니까?"

수업이 시작하기 전 어제 있었던 일을 들은 루크가 답답한 목소리로 따지듯 말했다.

"하아… 맞는 거 같아. 나 걔 좋아해."

윌이 머리카락을 손으로 쥐어뜯으며 내뱉듯 말했다.

드디어 윌이 인정하자 마치 주말 드라마의 고구마 장면이 끝난 듯한 시원함에 루크가 크게 웃었다.

"거 봐. 내가 딱 보면 안다니까? 그래서 고백은 언제 하려고?"

"고백은 무슨 고백이야. 아직 걔가 나 좋아하는지 알지도 못하는구먼. 고백했다가 차이면 어쩌려고."

윌이 절대 안 된다는 듯 고개를 내저었다.

"와, 답답해! 그러다가 다른 놈이 채 가면 어쩌려고? 너 그러다가 평생 고백도 못 해 보고 그냥 짝사랑으로 끝나는 거야 임마. 내가 도와줄게."

만약 루크가 도와준다면 세상에서 제일 믿음직스럽지 않은 도움이 될 것이 분명했다.

"시끄러워. 내가 알아서 할게."

"하, 나는 답답하다 답답해." 루크가 가슴을 주먹으로 팡팡 쳤다.
"아! 그럼 내가 한번 떠봐 줄까?"
이번 제안은 나쁘지 않은 제안이었다.
"어떻게 떠보게?"
"일단은 친해진 다음 물어봐야지. 조금만 기다려 봐. 친해지는 거 시간문제야."
썩 믿음직스럽지는 않았지만 루크가 제안한 방법 외에는 윌도 딱히 다른 방도가 생각나지 않았기에 제안을 수락했다.

수업이 끝날 때쯤, 윌의 핸드폰 진동이 울렸다. 아비게일에게서 온 메시지 때문이었다. 대충 오늘 피비도 같이 도서관에서 공부해도 괜찮냐는 내용이었다.
"잘됐네. 마침 너도 친구 한 명 데리고 가려고 했다고 해."
루크의 지시에 따라서 윌이 메시지를 보내자 흔쾌히 수락하는 답장이 왔다.

도서관에 도착하자 아비게일과 피비가 보였다. 그들은 루크와 윌이 오는 걸 감안해 4인용 테이블에 앉아 있었다.
"네가 옆에 가서 앉아. 빨리빨리!"
루크가 윌만 들릴 정도의 복화술로 지시했다. 루크의 말이 허풍은 아니었는지, 4명이 친해지는 데까지 얼마 지나지 않았다.
"앞으로도 이렇게 자주 모여서 공부하자. 다들 성격도 잘 맞는 것 같은데." 루크가 제안했다.

"난 상관없는데, 넌? 괜찮아?"

아비게일이 옆에 앉은 윌에게 물었다. 아비게일이 윌에게 말을 거는 것만으로도 루크의 입꼬리는 이미 광대에 걸려 있었다.

"나도 괜찮아. 어차피 멜버른에서 와서 나는 너희 말고 친구도 없어." 윌이 답했다.

마지막으로 피비의 동의까지 합쳐 얼떨결에 공부 클럽이 완성되었다.

"나 잠깐 화장실 좀."

아비게일이 자리에서 일어난 걸 본 루크가 윌의 옆구리를 찔렀다. 어서 빨리 따라 일어나라는 신호였다.

"화장실 가서 넌 좀 늦게 나와. 한 10분?"

윌과 아비게일이 사라진 것을 확인한 루크가 피비와 눈을 마주쳤다. 피비와 눈을 마주친 루크는 단숨에 느낄 수 있었다. 피비도 자신과 같은 목적으로 이 자리에 앉아 있다는 걸.

"야, 아비게일한테 떠봤어?" 루크가 먼저 입을 뗐다.

"아니, 아직. 확실한 건 남자 친구는 없어. 윌은?"

단숨에 알아들은 피비가 되물었다.

"윌은 좋아해."

루크의 말에 피비가 흥분을 감추지 못하고 몸을 들썩였다.

"꺄아아, 진짜? 진짜? 확실한 거야?"

"응. 오늘 좋아한다고 나한테 말했어."

루크가 고개를 끄덕이자 피비가 더 세게 설레발치며 발을 동동 굴렀다.

"미친, 대박. 나 이렇게 가까이서 사귀는 과정 라이브로 보는 거 처음이야."

"진정해. 아직 아비게일 마음은 모르잖아. 아비게일 오면 내가 자리 뜰 테니까 그 사이에 물어봐 줄 수 있어?"

루크가 피비를 진정시키고 계획을 말했다.

"오케이."

얼마 지나지 않아 화장실에서 아비게일이 돌아오자 루크와 피비가 눈빛을 교환했다. 계획대로 루크가 화장실을 핑계로 자리를 떠 윌을 기다렸다.

"아비게일이 뭐라고 했어?"

화장실에서 나온 윌이 루크에게 물었다.

"성격도 급하긴. 기다려 봐! 자리로 돌아가면 다 알 수 있으니까."

아직 떠보지도 않아 놓고 자신만만한 목소리로 대답하는 루크가 석연치 않았지만 다른 뾰족한 수가 없었기에 같이 테이블로 걸어갔다.

자리로 돌아온 자신들을 마주하는 피비의 표정을 본 루크와 윌은 무언가 잘못되었음을 느낄 수 있었다. 두 남자는 동시에 피비의 표정에서 난감함과 아쉬움을 본능적으로 읽어 버렸기 때문이었다.

"아니야?"

루크가 입 모양으로 피비에게 물었다. 그리고 돌아온 피비의 입 모양은 설마를 현실로 만들었다.

"아니야…."

7.

"월 님."
충격에 휩싸여 일어나지 못하는 월을 이브가 깨웠다.
"아니래…."
이미 해피 엔드를 맞을 결말일 것을 알고 있음에도 월이 허탈해했다.
"엄청 기대했는데…."
이래서 사람들이 로맨스 드라마를 보는 구나 생각이 들었다.

"꿈은 꿈이고. 슬슬 일어나야지."
정신을 차린 월은 샤워를 하고 소파에 앉아 티브이를 틀었다.
"오늘은 집에서 아무것도 안 하고 쉴 거야."
이브가 말을 꺼내기 전에 월이 선수를 쳤다.
"네." 이브의 대답을 들은 월은 소파에 몸을 늘어트렸다.
"그럼 다음 꿈 내용은 내가 아비게일한테 구애하는 내용이려나? 과연 어떻게 꼬셨길래 결혼까지 성공했을까?"
월이 천장을 보며 혼잣말을 했다. 월의 표정을 보니 완전히 꿈에

몰입한 모양이었다.

"오늘 니콜 님이 방문할 것 같습니다."

니콜에게서 오늘 안드로이드가 잘 작동하는지 확인할 겸, 안부 인사도 할 겸, 아버지의 집을 방문한다는 메시지가 온 것을 확인한 이브가 말했다.

"니콜이 온다고? 언제쯤 도착 예정이래? 애들은 데리고 온다냐?"

오랜만의 딸의 방문에 윌이 들뜬 듯 물었다.

"급하게 오시는 거라 혼자 오신다고 하십니다. 도착 예정 시간은 비행기 시간으로 보아 오후 3시에서 4시 사이에 도착할 것 같습니다."

"그럼 티브이나 보면서 시간 때우면 오겠구먼?"

윌이 다시 티브이에 시선을 고정했다.

* * *

"아빠! 나 왔어!"

윌의 집에 도착한 니콜이 문을 손으로 두드리며 윌을 불렀다. 티브이에 집중하고 있는 윌 대신 이브가 니콜의 문을 열어 주었다.

"고마워. 아빠는 잘 모시고 있어?"

문을 열어 준 이브에게 니콜이 인사했.

"네. 지금 소파에 앉아서 티브이 보고 계십니다."

"나랑 똑같이 생겨 가지고 존칭 들으니까 어색하다. 그냥 편하게 친구 대하듯 말해. 아빠! 딸 왔다니까?"

니콜이 윌을 향해 들으라는 듯 소리쳤다.

"어~." 니콜의 외침에 윌이 듣는 둥 마는 둥 건성으로 대답했다.

"뭐야, 대답이 왜 그래? 아빠, 내가 애들 안 데리고 와서 삐쳤어?"

니콜이 섭섭하다는 투로 말했다.

"뭐라는 거야. 너희 언니처럼 학교 끝났으면 어디 쏘다니지 말고 빨리빨리 다녀. 너희 엄마가 이제 너 고등학생이라고 엄청 걱정한다. 그리고 너희, 혹시라도 꿈 컨트롤러인가 뭐가 하면 조심해. 뉴스에서 그거 많이 하면 뇌가 현실이랑 꿈을 구분 못 해서 몸에 영향 끼칠 수 있다더라."

윌이 티브이를 보며 퉁명스럽게 잔소리했다.

"뭐야? 장난이지, 아빠…?"

니콜이 기어들어 가는 소리로 이브에게 물었다.

"제가 확인해 보겠습니다."

이브가 윌에게 다가가 말을 걸었다.

"응, 아빠. 조심할게. 그나저나 오늘 몇 월 며칠이었는지 기억나요?"

"오늘? 10월 7일이었나? 8일이었나? 몰라? 핸드폰 확인해 봐."

"그럼 연도는요?"

"2035년. 어서 가서 너희 동생 밥 좀 차려 줘. 오늘 엄마 늦게 오는 날인가보다."

그런 건 왜 물어보냐는 표정으로 윌이 답했다. 윌의 대답을 들은 이브가 니콜을 보며 고개를 저었다. 이브의 반응을 본 니콜이 입을 틀어막고 살짝 울먹이는 목소리로 "방에 들어가 있을게."라고 외치며 자신의 방문을 열고 들어갔다.

"저거 또 남친이랑 헤어졌나 보다. 가서 네가 좀 달래 줘라. 아빠는 니콜이 좋아하는 피자 시켜 놓을게."

니콜의 목소리에서 울먹임을 들은 윌은 무심한 척하면서도 자신의 옆에 앉아 있는 이브에게 니콜을 달래 줄 것을 부탁했다.

"언제부터 저랬어?"

이브가 방에 들어가자 침대에 앉아 있던 니콜이 물었다.

"니콜님이 오시기 전까지 전혀 증상이 없으셨습니다."

"후…."

이브의 대답에 니콜이 답답한 듯 머리를 쓸어 넘기고 침대에 누웠다.

"못 보던 옷인데, 네 거야?"

침대에 누운 니콜이 옷장 속 이브의 옷들을 손가락으로 가리키며 물었다.

"네. 윌 님께서 얼마 전에 사 주셨습니다. 손녀딸이 똑같은 옷 한 벌만 입고 다니면 할아버지가 욕먹는다고…."

"푸핫! 아빠답네. 아빠 말 들어 보니까 손녀딸이 아니라 내 언니 같던데?" 니콜이 웃음을 터트렸다.

"아빠 상태가 많이 안 좋아진 건 알고 있었어. 그래도 오늘은 증상이 없었으면 했는데. 역시 머리는 준비됐어도 마음은 안 됐나 봐."

니콜이 씁쓸한 표정을 지으며 말했다.

"죄송합니다."

이브는 자신도 모르게 니콜에게 사과했다.

"말 놓으라니까, 언니? 아빠 앞에서도 그럴 거야? 그럼 내가 언니 할까?"

니콜의 말에 이브가 씨익 웃었다.

"누구 마음대로 네가 언니야. 너는 부엌 나가기 전에 세수 한 번 하고 나가. 아빠는 너 남자 친구랑 헤어진 줄 알아."

"하? 남자 친구? 아하하!"

이브의 말을 들은 니콜이 헛웃음 치며 웃었다.

"창고 상자에 엄마 일기랑 이것저것 쌓여 있던데, 가지고 갈 거야?" 이브가 물었다.

"엄마 일기장 다 읽었어? 처음부터 끝까지 다?"

"응."

"오, 그럼 진짜 언니나 다름없겠네."

니콜이 손에 턱을 괴고 이브를 그윽하게 쳐다보았다. 이브의 눈에 턱을 괸 니콜의 모습이 젊은 월과 겹쳐 똑같이 보였다.

"요즘 아빠가 꿈 컨트롤러로 젊었을 적 기억을 보고 계시는데 그대로 다 보여 드리는 게 좋을까? 중간에 충격 받으시면 어떡하지?" 이브가 물었다.

"음⋯."니콜이 잠시 고민했다.

"언니는 어떻게 생각해? 그래도 숨기는 것보단 알려 드리는 게 좋을까?"

니콜이 이브에게 되물었다.

"나라면 아픈 기억이라도 다 보고 싶을 것 같아."

이브의 대답에 니콜은 잠시 고민하는 듯 끄응 소리를 냈다.

"다 보여 드리는 걸로 하자. 대신 필요 없는 부분은 알아서 넘겨 줘. 쓸데없는 기억에 시간 낭비하지 않으시게."

니콜의 부탁에 이브가 고개를 끄덕였다.

"딸! 오늘 엄마 늦게 온다고 연락받은 거 있어?"

윌이 거실에서 소리쳤다.

"네! 오늘 엄마 친구랑 밥 먹고 들어오신다고 했어요!"

이브가 소리쳐 대답했다.

"어, 그래~."

"슬슬 나갈까?" 니콜이 물었다.

"그럴까?"

"이브는 왜 안 먹어? 입맛이 없어?"

식탁에 앉아 피자에 손도 대지 않고 쳐다만 보는 이브에게 윌이 물었다.

"아, 그게⋯."

음식을 먹을 수 없는 이브가 눈을 열심히 돌렸다.
"언니 오늘 생리해서 입맛이 없대."
니콜이 대신 둘러댔다.
"아… 고무병에 뜨거운 물 좀 넣어서 줄까? 많이 아파? 약 좀 먹을래?"
"아뇨. 버틸 만해요. 저는 나중에 남은 거 데워서 먹을게요."

"방금 엄마한테 문자 왔는데 데려와 달라고 해서 금방 갔다 올게."
저녁을 마친 니콜이 주섬주섬 옷을 입었다.
"밤길 위험해. 내가 다녀올게. 너희는 내일 학교 갈 준비하고 있어. 주소만 아빠 핸드폰 문자로 보내 줘."
윌이 니콜을 말렸다.
"바로 앞이라서 괜찮아. 그리고 엄마가 오는 길에 운전 가르쳐 준다고 나만 오라고 했어. 금방 갔다 올게. 둘이 집 지키고 있어."
"넌 아직도 운전 배우냐? 쯥, 너희 엄마 운전 잘 못하는데…. 사고만 내지 말고 조심히 운전해."
윌이 마지못해 니콜을 보내 주었다.
"아빠 잘 부탁해, 언니. 고등학생 때 나 혼자였는데…. 오늘 아빠 컨디션이 많이 안 좋은가 보다."
나가기 전 니콜이 이브의 손을 꼭 잡았다. 니콜의 손에 느껴지는 이브의 살결은 사람과 같았지만, 그 안은 차갑고 딱딱한 기계로 이루어져 있음이 느껴졌다.

"응. 걱정 마."

이브가 자신과 같은 호박색 눈동자를 가진 니콜의 눈을 마주치고 말했다.

"저희는 오랜만에 둘이 게임이나 할까요?" 이브가 물었다.
"그럴까? 그럼 네가 골라."

소파에 앉아 멍하게 티브이를 보던 윌이 이브에게 리모컨을 건네주었다.

"음, 이건 어때요?"

이브가 고른 게임은 두 명의 플레이어가 다른 시작점에서 게임을 시작해 서로에게 다가가는 내용으로, 중간중간의 선택에 따라서 내용과 결과가 달라지는 장르였다.

자정이 되어서야 게임이 끝났음에도 윌은 잠에 들 기미가 보이지 않았다.

"아직도 니콜이랑 엄마 걱정하고 계세요?"
"니콜? 왜? 방에서 자고 있을 시간 아니야?"

윌이 고개를 갸우뚱했다.

"요즘 성적이 안 나오잖아요."
"뭐 그런 걸 가지고. 아프지만 않으면 된 거야. 그런데 네 동생은 좀 심각하긴 하지." 윌이 웃으며 받아쳤다.

"게임해서 머리가 어지러운데 밤 산책이나 나갈까요?"

이브가 소파에서 일어나 기지개를 쭉 펴고 말똥말똥한 윌에게 손을 내밀었다.

"그럴까?" 윌이 이브의 손을 잡고 일어났다.

윌과 이브는 근처 공원 벤치에 앉았다. 윌이 밤공기를 한숨 크게 들이켰다. 여름이 오고 있음에도 아직 기분 좋은 선선한 바람이 어깨를 스쳐, 덥지도 춥지도 않은, 일 년 내내 지속되었으면 하는 온도였다.

"너 어렸을 때 한 번씩 이렇게 나와서 엄마 아빠랑 별 본 거 기억나? 그나저나 옛날보다 하늘이 많이 맑아져서 그런지 못 보던 별들이 더 생긴 것 같다?"

윌이 별이 가득한 밤하늘을 손가락으로 가리켰다.

"저기 십자가별에서 아빠 손으로 세 뼘 오른쪽으로 가면… 저기 있다! 저 별자리 기억나?"

"우리 가족 별자리 말이에요?"

이브가 아비게일의 일기장에서 읽었던 기억을 토대로 답했다.

"오? 기억하네? 네가 어렸을 때라서 기억 못 할 줄 알았는데."

윌이 이브를 놀람 반 기특함 반 표정으로 바라보았다.

"오른쪽은 아빠 별. 가운데가 내 거고, 왼쪽에 있는 게 엄마 거잖아요. 주변에 흩뿌려지듯 있는 게 우리 집이고."

이브가 손가락으로 하나하나 가리키며 말했다.

"오, 대단한데? 나중에 네가 우리 가족 다 죽으면 저기서 만나자고 했는데."

"응." 이브가 고개를 끄덕였다.

"니콜 상태는 좀 어때 보였어?"

"너무 걱정하지 마세요. 별일 없었어요."

이브가 윌을 안심시켰다. 그 뒤로도 밤 수다를 이어 가다 윌이 꾸벅꾸벅 졸기 시작했다.

"아빠? 자?"

이브가 자신의 어깨에 머리를 기댄 윌을 흔들었다.

"으응…"

어깨를 흔들어도 윌이 잠깐 뒤척이다 말자, 이브는 윌을 등에 업고 집으로 들어와 침대에 눕혔다. 그 후 이브는 방으로 들어가 잠옷으로 갈아입은 뒤 돌아와 윌의 머리 위에 손을 얹었다.

8.

"쟤들 뭐야?"

손을 잡고 테이블 쪽으로 걸어오는 루크와 피비를 본 윌이 아비게일에게 물었다. 분명 일주일의 짧은 방학 전까지 어떤 교류도 흐르지 않던, 말 그대로 아무 사이도 아니었던 둘이었기에 더욱 상상도 못했던 그림이었다. 장난인가 싶었지만 루크의 머리를 다정하게 정리해 주는 피비의 모습을 보니 정말 사귀는 게 분명해 보였다.

"그렇게 됐다고 하더라. 루크가 어제 고백했대. 나도 어제 메시지 받았어."

아비게일이 자신도 모른다는 투로 말했다.

공부 클럽이 완성되고 몇 주가 흘렀다. 아비게일의 옆자리에 앉는 것도, 간식을 가져와 함께 나누어 먹는 것도, 그리고 기분 좋은 섬유유연제 향을 맡는 것도 일상이 됐지만, 아비게일의 눈을 바라보고 함께 대화하며 웃는 것은 아직 심장 뛰는 일들이었다.

꽁냥거리며 테이블에 앉는 루크를 보는 윌의 눈에는 배신감, 부러움, 그리고 곧 나도 언젠가 아비게일과 함께 눈앞의 커플처럼 될 수 있을 거라는 기대감 섞인 눈빛이 묻어 나왔다.

무엇보다 옆에 있던 친구가 먼저 애인이 생기니 다양한 감정 중 부러움이 가장 컸다. 그래도 마음 한편에 '혹시라도 아비게일이 루크에게 마음이 있어 나를 좋아하는 게 아닐까?'라는 생각은 사라져 안심이 되었다.

"뭐냐? 왜 나한테 말 안 했어."
자신의 옆자리에 앉은 루크에게 윌이 쏘아붙이듯 말했다.
"서프라이즈! 그렇게 됐어. 하하하."
루크가 멋쩍게 웃었다.
"10분 남았다. 우리 이제 가야 돼."
윌이 자리에서 일어나 짐을 싸는 아비게일을 도와 노트북 충전기를 뽑아 돌돌 말아 주었다.
"고마워."

수다를 떨며 튜토리얼 강의실로 걸어가던 중, 피비가 윌과 대화하는 척 자연스럽게 아비게일에게서 떼어 냈다.
"조금만 천천히 걸어 봐. 말해 줄 거 있으니까."
피비가 조용한 목소리로 지시했다.
"왜 그래?"
루크와 수다를 떨고 있는 아비게일과 조금 멀어져 윌이 물었다.
"아비게일, 고백받았어."

피비의 말을 듣자 심장이 쿵 내려앉는 느낌이 들었다. '이제 아비게일과 같이 다닐 수 없는 건가.' 하는 생각이 머리를 스쳤다.

"누구한테? 내가 아는 사람이야?"

"응. 크리스가 저번 주에 고백했대."

피비가 고개를 끄덕이고 대답했다.

다른 누구도 아닌 크리스라니. 그 재수 없는 놈이랑 아비게일이 사귄다고 생각하니 속이 끓기 시작했다. 어쩐지 계속 아비게일한테 장난을 치기에 설마설마하는 생각이 들었는데, 진짜일 줄이야.

눈앞에 웃으며 대화하며 걸어가는 아비게일의 옆에 있는 사람이 루크가 아닌 크리스라고 생각하자 머리가 핑 돌았다.

"걱정 마. 아비게일이 거절했으니까."

피비가 윌의 반응을 보고 재밌다는 듯 말해 주었다. 피비의 말을 들으니 그제야 거꾸로 흐르던 피가 다시 제 방향으로 흐르는 것 같았다.

"후… 다행이네."

윌이 한숨을 쉬었다.

"그래서 넌 언제 고백할 건데?"

"아비게일이 난 아니라고 했다며."

공부 클럽. 아니, 윌과 아비게일 이어 주기 모임이 결성되고 몇 주 동안 피비는 아비게일에게 윌을 어떻게 생각하는지 떠보았다. 그럴 때마다 돌아오는 대답은 "그냥 편하고 착한 친구야."였다.

처음 그 말을 전해 들었을 때는 '내가 그렇게 남자로 안 보이나.'

라는 생각도 들어 운동, 먹을 것 챙겨 주기 등 다양한 매력 어필을 해 보았다. 하지만 시간이 지날수록 뭘 해도 자신은 일명 '프렌드 존'에 머무를 것이라는 걸 깨달은 윌은 어느 순간부터 모든 걸 포기하고 짝사랑만 하고 있는 상태였다.

"너도 빨리 고백이라도 해 봐! 아무것도 못 해 보고 남이 채 가는 것보단 뭐라도 해 보는 게 낫지!"

피비가 윌의 등을 툭툭 치며 부추겼다.

"내가 고백했다가 차여서 어색해지면, 너희 둘이 같이 학교 다니고 나는 아비게일이랑 떨어져서 혼자 쓸쓸히 다니라고?"

"에이, 설마 아비게일이 그러겠냐? 쟤 착해서 너 차여도 학교 같이 다녀 줄 걸?"

그게 더 끔찍했다.

"닥쳐. 그게 더 싫어."

윌이 인자하게 웃는 얼굴로 말했다. 윌의 반응을 본 피비가 깔깔대며 웃었다.

"일단 아비게일 일상에 최대한 스며들어. 네가 할 수 있는 방법은 그것밖에 없어. 나만 믿어."

이미 윌도 실천한 방법이었다. 그리고 이미 스며들 대로 스며들어 더 스며들 틈도 없었다.

아비게일과 대화 주제가 떨어졌는지 루크가 윌의 옆으로 왔고, 피비가 앞으로 걸어가 아비게일의 팔짱을 끼고 걸었다. 그런 피비의 모습을 보며 윌은 '차라리 나도 여자로 태어났으면.' 하는 생각이 들었다.

"내가 봤을 때 아무래도 너희 둘은 힘들 것 같아."
월의 옆에 오자마자 루크가 폭언을 쏟아 부었다.
"와! 나도 알았던 건데 한 번 더 상기시켜 줘서 고마워,"
아비게일이 본인에게 관심이 없다는 건 시간이 흐를수록 가장 오래 붙어 있는 월 본인이 더 잘 알게 되었다.
"야, 그래도 지구의 절반이 남자랑 여자인데 너랑 맞는 짝 하나쯤은 있겠지! 이상형이 뭐야, 말해 봐. 내가 피비랑 같이 찾아 줄게!"
월은 세상의 절반이 여자라는 말을 위로랍시고 떠드는 루크를 어이없다는 눈초리로 쏘아보았다. 월의 따가운 눈초리를 느낀 루크가 월의 어깨를 토닥이며 위로했다.
"맞아. 짝사랑이 그런 거야. 모든 게 그 사람에 맞춰져서 이상형도 그 사람, 머릿속도 그 사람, 모든 생각이 그 사람 중심으로 돌아가지. 원래 짝사랑이라는 게 한번 시작하면 내 인생의 중심이 내가 아니라 그 사람이 되어 버려서 끊고 싶어도 못 끊거든. 기다리고 있으면 언젠가 기회가 올 거야, 나처럼."
루크가 자신을 엄지로 가리키고 말했다. 마지막 한마디만 아니었으면 좀 위로가 됐을 만한 공감되는 말이었다.
강의실에 조금 일찍 도착한 탓에 아직 수업이 시작하지 않아 피비는 루크와 강의실 밖 소파에 앉아 수다를 떨고 있었다. 월은 그런 둘을 보고는 아비게일에게 물었다.

"너는 쟤들 서로 좋아하는 거 알았어?"

"아니? 난 상상도 못 했지. 솔직히 둘이 말도 잘 안 섞었잖아."

아비게일이 핸드폰을 하며 대충 답했다.

"딸기 먹을래?"

윌이 가방에서 딸기가 담긴 용기를 주섬주섬 꺼내 아비게일에게 물었다. 하지만 아비게일은 누군가와 집중해서 메시지하고 있는지 대답 없이 핸드폰만 바라보고 있었다. 윌이 아비게일의 어깨를 손가락으로 가볍게 톡톡 치고 다시 물었다.

"딸기?"

"어? 응! 미안해, 못 들었어. 고마워."

휴대폰에 집중하던 아비게일이 웃으며 사과한 뒤 딸기를 집어먹었다.

자신을 향해 고개를 돌려 딸기가 맛있다며 웃는 아비게일을 본 윌은 순간 아무 생각 없이 멍하게 쳐다볼 수밖에 없었다. 고개를 돌렸을 때 어깨에서 조금 흘러내린 머리, 창문 빛에 반사되어 반짝이는 호박색 눈동자, 그리고 웃을 때 보조개가 생기는 볼과 입까지 너무 예쁘게 보였다. 남들이 들으면 주접이라고 생각하겠지만 아무렴, 상관없었다. 그냥 이대로 시간이 멈춰도 행복할 것 같다는 생각이 들었다.

"왜?"

그런 윌의 행복한 순간을 아비게일이 깼다.

"아, 아니, 그냥." 윌이 대충 얼버무렸다.

"음, 진짜 달다."

아비게일이 딸기를 입에 물고 머리를 뒤로 묶었다.

"야, 너 이번에 새로 나온 〈You make story end〉 해 봤어?"

아비게일이 윌 쪽으로 돌아앉아 새로 출시된 게임 이야기를 꺼냈다.

"아, 응. 그거 몇 번 해 봤는데 아무리 해도 내가 원하는 엔딩이…."

"아!"

누군가 머리를 살짝 잡아당겨 고개가 뒤로 젖혀진 아비게일이 짜증 섞인 외마디 소리를 질렀다. 아비게일이 뒤돌아 확인한 범인은 지나가던 크리스였다.

"진짜 죽여 버린다."

아비게일이 살짝 헝클어진 머리를 정리하며 자리에 앉는 크리스를 죽일 듯 노려보았다.

"후… 참자."

아비게일이 크게 숨을 들이쉬었다. 크리스의 장난을 본 윌은 수업 진행 방식 때문인지, 자신처럼 막 고등학교를 졸업한 애들이 많아서인지, 아직 고등학교에 있는 것 같다는 느낌이 들었다.

"이제 곧 있을 발표 주제 정하기랑 발표 관련 공지 사항을 말해 줄 건데요."

수업이 끝나 갈 때가 되자 강사가 각 테이블마다 무작위로 종이를 나눠 주었다.

"지금 받은 종이가 발표 주제가 될 겁니다. 발표 시간은 각 조당 30분에서 40분 사이로 해야 하고, 발표자는 캐주얼한 옷이 아닌 꼭 셔츠 같은 단정한 옷으로 입어야 합니다. 옷차림도 채점에 포함되니 꼭 주의하세요."

종이를 받은 강의실 내부가 웅성거림으로 가득 찼다.

나눠 받은 종이 앞면에는 '게임이 우리 사회에 끼친 긍정적, 부정적 영향'과 '발표 준비 단계 보고하는 법'이라는 QR코드가 프린트되어 있었다. 그리고 뒷면은 채점 항목이 나열되어 있었고 발표 점수는 수업이 끝난 후 따로 남아 피드백과 함께 들을 수 있다는 공지도 적혀 있었다.

"게임 관련된 거면 쉽겠는데? 우리 잘 알잖아."

아비게일이 말했다.

"완전 쉽지. 그럼 긍정, 부정 주제 나눠서 가위바위보 이긴 사람이 어떤 거 조사할지 고를까?"

윌이 제안했다.

"너 하고 싶은 거 해. 난 상관없어."

"나도 상관없는데. 그럼 내가 부정적인 거 할게, 네가 긍정 쪽 조사해."

윌이 아비게일에게 말했다.

"정말? 긍정이 더 쉽지 않겠어?"

"상관없어. 어차피 서로 만나서 검토할 거니까 일단 조사해 보고 모르는 부분 생기면 연락할게."

윌에게 사실 누가 어느 부분을 조사하느냐는 중요하지 않았다. 발표 날 어떤 옷을 입고 올지가 더 중요한 문제였다.

"오케이. 그럼 파트 나누는 건 정해졌고. 제출은 어떻게 하나 볼까?"

아비게일이 QR코드를 핸드폰으로 스캔했다.

QR코드는 학교 웹 사이트로 연결되어 있어, 그 내용은 발표 날 전까지 최소 3번은 만난 뒤 함께 어떤 준비와 조사를 했는지 메일로 업로드 하라는 것이었다. 스크롤을 더 내리니 발표 중 활동을 하는 것과 끝난 뒤 질문 시간을 보내는 것에 대한 예시가 나와 있었다.

"오늘 그냥 바로 첫 번째 자료 조사 하는 거 만나서 같이 해 버릴까?"

아비게일이 물었다.

"일단 서로 조사해 보고 만나는 게 낫지 않을까?"

여유롭게 준비하고 싶은 윌이 답했다.

"내가 알바도 있고 그래서 시간 있을 때 만나는 게 나을 것 같아. 오늘 그냥 조사 같이 하고 끝나고 저녁도 같이 먹어 버리자 어때?"

아비게일이 자신의 처지를 설명하며 제안하자 윌은 거절할 수 없었다. 아니, 저녁을 같이 먹을 그럴듯한 이유가 생겼기에 오히려 나쁘지 않았다.

"그래."

"도서관에 우리 둘만 있는 건 되게 오랜만이네."

아비게일이 적당한 자리를 찾아 의자에 푹 앉자 아비게일의 섬유 유연제 냄새가 확 하고 윌의 코에 스쳤다.

"그러게."

다른 사람 없이 둘만 앉아 있으니 섬유유연제 냄새가 더 세게 나는 듯 느껴졌다. 윌은 '냄새에 취하는 게 이런 느낌일까?'라고 생각하며 노트북을 폈다.

"너는 무슨 옷 입을 거야?" 윌이 물었다.

"나? 몰라? 그냥 집에 있는 아무 셔츠나 입을까 생각하고 있었는데. 너는?"

"나는 간단하게 정장 바지에 흰색 셔츠 입으면 될 것 같은데."

"음, 그렇겠네."

아비게일이 고개를 끄덕였다.

"이거 어때? 나 잘 어울릴 것 같아?"

다시 자료 조사를 하던 윌의 팔을 아비게일이 콕콕 잡아당겨 노트북 화면을 손가락으로 짚었다. 화면에는 인터넷 쇼핑몰이 떠 있었고, 여러 옷들의 사진이 나열되어 있었다. 아비게일이 짚은 옷은 노란색 줄무늬가 연하게 들어간 셔츠에 검은 바지였다.

"잘 어울릴 것 같은데?"

대수롭지 않은 듯 대답했지만 화면 속의 옷을 입은 아비게일의 모습을 상상하니 윌의 심장이 터질 듯 뛰었다.

"그럼 이건?"

이번에 가리킨 것은 푸른색을 연하게 띤 셔츠에 발목까지 내려오는 회색 치마였다.

"그것도 잘 어울릴 것 같아."

"아, 뭐야. 똑바로 말해 봐. 나한테 어울릴지 아닐지."

아비게일이 월의 눈을 뚫어져라 쳐다보며 말했다. 월은 아비게일이 자신을 뚫어져라 쳐다본 것인지 시간이 잠시 느리게 흐르는 것인지 분간이 되지 않았지만 아무래도 상관없었다. 심장이 터질 듯 뛰어 귓가에 쿵쿵 소리가 울려 이 정도면 아비게일에게까지 들리겠다는 생각이 들었다.

"진짜 다 어울리는데. 너 피부가 하얀 편이라 웬만한 색깔은 다 어울릴 걸?"

"어울리는 게 문제가 아니라 내가 입으면 단정해 보일 것 같은지 물어보는 거잖아. 아, 차라리 내 사진을 보여 줄까?"

아비게일이 핸드폰 사진첩을 열어 자신이 입었던 여러 가지 스타일의 옷을 보여 주었다.

"와, 젊다. 이때 여기는 어떻게 갔지? 이날 진짜 더웠는데."

어느새 옷 보여 주기는 뒷전이 되고 아비게일의 추억 탐방 시간이 되었다.

"악! 이거 봐 봐! 나 19살 때 화장한 거!"

앳된 모습의 아비게일이 친구들과 함께 화장실 거울로 셀카를 찍은 사진이었다.

"이날 진짜 화장 열심히 했는데. 완전 다르게 생겼지. 이래서 여자가 화장하면 다른 사람이 된다고 하는 거야. 너도 나중에 여자 만나기 전에 조심해."

핸드폰 화면 속 어린 아비게일과 지금 바로 옆에 앉아 있는 아비게일에게서 큰 차이를 못 느꼈지만 대충 고개를 끄덕였다.

"와, 나 진짜 예뻤네. 도대체 그동안 무슨 일이 있었던 거야."

아비게일이 한탄하듯 말을 뱉었다.

"왜? 지금도 예쁜데."

사진들을 보며 계속 예쁘다고 생각하던 탓에, 무의식중에 윌 자신도 모르게 예쁘다는 말이 튀어나와 버렸다.

"어?"

아비게일이 잘못 들었다는 듯 바라보았다. 자신도 모르게 뱉은 마음속 말 때문에 혼란스러운 와중에 아비게일이 빤히 쳐다보기까지 하니 미쳐 버릴 듯했다.

"그냥 말 그대로야. 옛날이나 지금이나 별 차이 없다고."

간신히 이성을 되찾은 윌이 침착한 목소리로 답했다.

"정말? 고마워."

윌의 말에 기분이 좋아진 아비게일이 흥얼거렸다.

"그래서 다음 약속은 언제로 잡았어?"

며칠 뒤, 수업이 끝나고 그동안 있었던 일을 들은 루크가 물었다.

"아직 안 잡았는데."

"뭐? 그날 바로 언제 만날지 확실하게 잡아 놔야 둘이 따로 만나서 조사하지. 오늘 다 같이 만날 때 백 퍼 '오늘 만난 김에 그냥 같이 할까?' 이럴 걸?"

루크가 아비게일의 목소리를 흉내 내 말했다.
"나 이미 반 포기 상태라니까. 다 같이 만날 때 해도 상관없어."
"아오."
루크가 답답한 듯 주먹을 꽉 쥐었다.
"그럼 옷은 샀어?"
"발표 때문에 셔츠 사기 돈 아까워서 가방에 있는 거 꺼내 입으려고 했는데. 이따가 도서관 가기 전에 들러서 보고 갈래?"
"기숙사 들어가도 돼?"
"상관없어, 다들 친구 데리고 오는 것 같더라."

"생각보다 깨끗하네?"
윌의 방에 들어온 루크가 방을 훑어봤다.
"점심 만들어 줄까?"
"일단 옷부터 보고. 빨리 입어 봐."
루크의 지시에 윌이 캐리어에서 셔츠와 바지를 꺼내 옷을 갈아입고 쭈뼛쭈뼛 섰다. 그냥 평범한 흰색 셔츠와 정장 바지였지만 기본이 최고라는 말이 있듯, 살짝 밋밋했지만 윌과 나쁘지 않게 잘 어울렸다.
"구두는? 구두 있어?"
"응, 잠시만."
윌이 신발장에서 구두를 꺼내 신었다.
"거기 딱 가만히 서 있어 봐! 오, 잘 어울리는데? 저건 뭐야? 안경

써?"

루크가 캐리어 안에서 빠져나온 안경집을 가리켰다.

"아, 이거 글 읽을 때 쓰는 건데 불편해서 잘 안 써."

"한번 써 봐."

"왜? 별거 없어. 그냥 안경이야."

"잔말 말고 빨리 써 봐."

루크의 재촉에 윌이 안경알을 닦고 썼다.

평범한 검은색 얇은 테에 둥그런 모양의 안경이었지만 밋밋한 윌의 옷에 포인트를 살려 주는 느낌이 들었다.

"사진 찍어 줄게. 가만히 있어 봐."

루크가 사진을 찍어 피비에게 보냈다.

"어때?"

"너 아비게일한테 잘 보이고 싶으면 꼭 쓰고 나가. 봐 봐, 피비도 잘 어울린대."

루크가 잘 어울린다는 피비의 메시지와 방금 찍은 사진을 보여 주었다. 사진을 본 윌이 만족스러운 미소를 지었다.

"옷 입어 봤으니까 이제 나 밥 좀 차려 줘."

루크가 윌의 침대 위에 발라당 누웠다.

"다 같이 모인 김에 그냥 우리는 발표 준비나 해 버릴까?"

루크의 예상대로 아비게일이 윌에게 물었다.

"발표 준비할 거 있어? 그럼 너희 같이 따로 준비할래? 우리는 오늘 어디 놀러가기로 해서."

아비게일의 말을 듣자마자 준비했다는 듯 루크가 옆에 앉아 있는 피비의 팔을 잡고 순식간에 사라졌다. 자신을 위해 사라져 준 루크에게 고마운 마음과 지금 이 상황이 묘하게 웃긴 윌의 입에서 웃음이 새어 나왔다.

"왜, 나만 모르는 게 있어?"

아비게일이 물었다.

"아니야. 없어, 그런 거."

"내가 봤을 때 내가 모르는 뭔가 있는 거 같은데."

아비게일이 의심의 눈빛을 보냈다.

"말해."

아비게일이 윌의 옆구리를 손가락으로 찔렀다.

"말 안 해? 이래도 안 해?"

옆구리를 찔려 웃기만 하는 윌을 아비게일이 더 찔러 댔다.

"아, 웃지만 말고 말해 줘. 나 궁금한 거 못 참는단 말이야. 응? 제발 말해 주면 안 돼?"

아비게일만 모르는 비밀이라면 윌이 아비게일을 좋아한다는 것밖에 없었지만 윌이 그 사실을 말해 줄 리 없었다.

결국 시간이 지나 대답을 듣는 걸 포기한 아비게일이 윌을 한번 째려보고 노트북을 켜 자료 조사를 시작했다.

"이쯤 하고 서로 검토해 볼까?"

엉덩이에 뻐근함이 느껴진 윌이 물었다.

"누구세요. 저 알아요?"

아비게일이 퉁명스러운 말투로 대답했다.

"정말 별거 없다니까? 그냥 오늘 루크랑 수업 시간에 있었던 일이 생각나서 웃었던 거야~."

윌이 적당히 둘러댔다.

"누구신데 저한테 말 거세요? 저 알아요? 저는 모르는데."

아직도 앙금이 남아 자신을 째려보는 아비게일의 눈이 너무 귀엽게 보였다.

"저 아비게일 친구인데요~. 왜 모르는 척하세요."

윌이 아비게일의 말투를 따라했다. 당장이라도 루크와 피비의 말대로 좋아한다고 말하고 싶었지만 아비게일이 받아 주지 않을 것도, 거절당했을 때 더 이상 친구로 남지 못하는 것도 원하지 않았기에 마음속에 꾹 눌렀다.

집으로 돌아온 윌이 루크의 조언대로 다음 약속을 잡기 위해 아비게일에게 메시지를 보냈다.

윌: 마지막에 만났을 때 발표 대본 같이 쓰면 되겠지?

한동안 답장이 오지 않아 발만 동동 구르던 윌의 핸드폰이 몇 시간이 지나고서야 울렸다.

아비게일: 미안, 메시지 온 줄 몰랐어. 발표 대본은 어차피 각자 만드는 거니까 서로 만들고 이메일로 보내자.

월: 그래.

따로 만나서 하고 싶었지만 적당히 둘러댈 말이 떠오르지 않아 아비게일의 의견에 동의했다.

월: 아, 너 이번에 나온 영화 봤어? 안 봤으면 같이 볼래?

월이 두근거리는 마음으로 보냈다.

아비게일: 아 미안, 내가 히어로 영화를 안 좋아해서. 다음에 다른 거 같이 보자. 그럼 다음 주까지 발표 대본 보내 주면 내가 최종 제출할게. 내일 도서관에서 봐.

거절은 좀 마음 아팠지만 혹시나 하는 마음으로 던져 본 것이었기에 크게 개의치 않았다.

월: 그래. 그럼 어쩔 수 없지. 내일 봐!

몇 주가 흘러 루크가 지시한 대로 셔츠, 정장 바지에 안경을 쓴 월이 강의실 앞 소파에 앉아 아비게일을 기다리고 있었다. 미리 인쇄

해 놓은 발표 대본을 다시 외우고 있으니 누군가 월의 어깨를 툭툭 쳤다.

"뭐야? 안경 산 거야? 옷이랑 완전 잘 어울린다!"

뒤돌아본 월을 향해 아비게일이 양손으로 엄지척을 보냈다.

아비게일은 발목까지 오는 검은색 롱스커트에 옅은 민트색이 감도는 셔츠를 넣어 입고 있었다. 머리도 손질했는지 생머리가 아닌 웨이브가 들어가 있었다. 너무 꾸미지도 않은, 그렇다고 너무 캐주얼하지도 않은 적당한 선을 잘 지킨 모습이었다. 무엇보다 평소와 다르게 향수를 뿌렸는지 월의 얼굴 옆으로 손을 뻗자 손목 주변에서 달콤한 냄새가 흘러나와 코를 자극했다.

"나도 안경 써 봐도 돼?"

자신의 외모에 감탄하고 있는 걸 아는지 모르는지 월의 안경을 벗겨 바꿔 쓰고 이리저리 고개를 돌려 둘러봤다. 아비게일에게는 조금 컸지만 그것도 그것 나름대로 잘 어울렸다.

"나한테는 조금 크다. 도수 별로 없는 거 같은데 글 읽는 용이야?"

아비게일이 월의 얼굴에 안경을 씌워 줬다.

"응."

"너랑 잘 어울린다. 도수 없는 걸로 하나 더 사서 평소에 쓰고 다녀. 아! 다시 줘 봐. 내가 닦아 줄게."

월의 얼굴에서 다시 안경을 가져가 셔츠 소매로 쓱쓱 닦은 뒤 안경알을 들어 확인한 아비게일이 만족했는지 다시 월에게 돌려주었다. 셔츠 소매에서 향수가 묻었는지 안경에서 아비게일의 향수 냄새가 뺐다.

"오늘 발표 잘할 수 있지?"

아비게일이 윌에게 손바닥을 내밀었다.

"당연하지."

아비게일의 작은 손바닥을 치며 답했다.

"긴장 안 돼?"

여유 넘치는 윌에게 아비게일이 물었다.

"별로? 긴장을 잘 안 하는 성격이라."

"부럽다."

아비게일의 모습을 보고 얼어붙은 것과는 별개로 윌의 발표는 환상적이었다. 발표가 시작하면서 윌은 동전이 사라지는 마술을 보여 준 후, 발표에 잘 집중한다면 동전이 어디로 사라졌는지 알려 준다는 말로 관심을 휘어잡았다.

하지만 반대로 아비게일은 발표 중간중간 대본을 까먹었는지 화면을 읽으며 발표했다.

발표가 끝나고 윌과 아비게일은 강의실에 남아 점수를 기다렸다.

"자, 여기. 20점 만점에 19점이에요. 1점은 아비게일이 대본을 아직 완벽하게 숙지하지 못한 것 같아서 뺐어요. 그래도 둘 다 정말 잘했어요. 윌은 건축 디자인학과라고 들었던 것 같은데 발표하는 것 보니까 선생님 해도 괜찮았을 것 같은데요?"

강사님이 채점표를 파일에서 꺼내 보여 주며 말했다. 이보다 더 좋은 칭찬을 들을 수는 없을 게 분명했다.
"점수에 둘 다 만족하나요?"
"네."
"네."
월과 아비게일이 대답했다.

"어떻게 됐어?"
밖에서 월과 아비게일이 나오기만을 기다리고 있던 피비가 다가와 물었다.
"19점! 미안해. 나 때문에 1점 깎여서 어떡해?"
아비게일이 아쉬운 표정으로 월에게 사과하듯 물었다.
"아냐, 잘했어. 어쩔 수 없지, 뭐. 30분이 짧은 시간은 아니니까."
월이 아비게일을 다독여 주었다.
"둘이 오늘 뭐 할 거야? 발표 점수 잘 나온 기념으로 같이 뭐라도 먹어."
피비가 말했다.
"그럴까? 난 괜찮은데."
오늘 발표가 잘 끝나서 자신감도 좀 들어갔겠다, 같이 저녁 먹다가 혹시 분위기 괜찮으면 고백이라도 할 생각으로 월이 답했다.
"나는 오늘 알바생 한 명 부족하다고 그래서 집에 가서 씻고 바로 가야 될 것 같아. 오늘 발표 짱이었어. 다음에 봐."

아비게일의 말을 듣자 순식간에 몸에서 자신감이 공기 빠지듯 다 빠져나오는 느낌이 들었다.

"그걸 네가 왜 메워 줘? 지금 전화해서 안 된다고 그래!"

"그럼 어쩔 수 없지. 다음에 봐."

아쉬워하는 피비와 다르게 윌은 흔쾌히 보내 줬다.

뒤돌아 걸어가는 아비게일의 포니테일 머리가 걸음걸이에 따라 양옆으로 흔들렸다. 알바를 가는 아비게일의 뒷모습을 보는 윌의 눈에 아직 발표의 여운이 남아 있는 듯 보였다.

아비게일이 떠나고 피비와 윌 둘만 남게 되었다.

"좋냐? 안 아쉬워?"

"좋지. 귀엽잖아. 알바 자리 메워 주기로 했다는데 어쩌겠어."

"오늘 옷 입은 것도 완전 고백 각이었는데."

피비가 아쉬운 목소리로 말했다.

"그러게. 오늘 분위기 좋으면 고백하려고 했는데."

윌의 말을 들은 피비가 놀라 윌 쪽을 쳐다보았다.

"오늘 고백하려고 했어? 어떡해! 어떡해! 야! 그럼 못 가게 말렸어야지, 뭐 했어?"

피비가 방방 뛰며 주먹으로 윌의 어깨를 퍽퍽 쳤다.

"이어질 사이가 아니었나 보지."

자신감이 다 빠지고 비관적으로 변한 윌이 답했다.

"지랄하네. 그럼 나랑 루크는 이어질 사이여서 말도 잘 안 섞다가 지금 사귀냐? 아예 나랑 루크는 이제 이어진 김에 나중에 결혼하고 애까지 낳는다고 그러지 그래."

"그건 혹시 모르지."

윌의 말에 피비가 손가락을 탁 튕겼다.

"그래! 고백하기 전까지는 아무도 모르는 거야. 아비게일도 네가 좋은데 티를 안 내는 거일 수도 있잖아. 여자애들 중에 좋아하면 오히려 더 티 안 내려고 하는 애들 많아."

"네가 보기엔 어떤데?"

"내가 봤을 때는… 안 좋아하는 것 같긴 해. 그래도 혹시 모르지. 너한테 고백받으면 갑자기 관심이 생길지."

"오, 그래?"

"그래. 그러니까 인터넷에 여자가 남자한테 호감 있을 때 이런 거 검색하지 말고 모르는 거 있으면 나한테 물어봐."

"인터넷에 올라와 있는 거 안 믿어, 걱정 마. 나도 그럼 이만 간다~."

피비와 헤어진 윌이 핸드폰으로 인터넷에 들어가 검색 기록을 켰다. 윌의 검색 기록에는 '여자가 남자 좋아할 때', '여자 호감', '호감 신호' 등 호감에 관련된 각종 기록들이 나열되어 있었다. 윌은 혹시라도 나중에 누군가 자신의 핸드폰을 보는 일을 대비해 기록을 전부 삭제했다.

몇 주가 흐르고, 바쁜 중간고사 기간이 지나서야 공부 클럽은 다시 도서관에서 모일 수 있게 되었다.

"다들 시험은 어땠어? 아직 1학년이라 생각보다 쉽지?"

퀭한 눈을 하고 있는 다른 3명과 달리 혼자 멀쩡한 아비게일이 운을 뗐다.

"시험은… 할 만했지."

피비의 대답에 나머지 둘도 고개를 끄덕였다.

"출석률도 챙기고 과제도 하는 게 너무 힘들어."

"음, 원래 1학년 때는 좀 느슨한 편이었는데 좀 많이 힘들긴 하네."

피비의 말대로 낮에는 강의에 출석해야 하기 때문에 과제를 할 시간이 저녁 시간대밖에 없어져 조금만 밀리면 늦은 밤이 되어서야 과제가 끝났다.

게다가 시험공부도 해야 했기에 확실히 힘든 일정이었다.

"애들아, 힘내. 기말고사 3주 남았어."

아비게일의 말에 나머지 3명이 절규를 토했다.

"그런데 도서관 에어컨 조금 과하지 않아?"

윌이 가방에서 두꺼운 후드를 꺼내 입었다.

"너는 안 추워?"

혼자만 겉옷을 꺼내 입지 않는 아비게일에게 윌이 물었다.

"별로? 난 오히려 더운데."

"너 그러다 감기 걸려."

어느새 루크에게 안겨 있는 피비가 말했다.

"아이, 안 걸려. 나 간호사야."

얼마 뒤, 괜찮다며 호언장담하던 아비게일은 열이 39도까지 올라며칠간 출석도 공부 클럽에 참석도 하지 못하게 되었다.

"얘들아, 안녕?"

오랜만에 만난 아비게일의 목소리는 완전히 갈라져 있었다.

"너 괜찮아? 아직 나오면 안 되는 거 아니야? 그러게 옷 껴입으라니까는!"

아비게일의 목소리를 들은 피비가 걱정 섞인 목소리로 말했다.

"몸살도 몸살인데 생리까지 겹쳐서. 이제 목만 아프고 괜찮아."

아직 말끝마다 기침을 하는 아비게일을 보니 윌의 가슴도 아파 왔다.

"나 식수대 가서 약 좀 먹고 올게."

아비게일이 자리를 뜨자 눈치를 보던 루크와 피비가 윌에게 달려들었다.

"기회다. 이건 신이 내려 주신 기회야."

"그래, 이건 너보고 아비게일이랑 사귀라고 신이 떠먹여 주신 기회야. 밥상까지 완벽하게 다 차려져 있어."

대충 루크와 피비가 하는 말이 무엇을 의미하는지 윌이 눈치 챘다.

"약이랑 맛있는 거 사서 아비게일 주라고?"

"그렇지! 그렇게까지 바보는 아니네. 아플 때 도와주는 남자가 직빵이야. 아무리 관심 없어도 그때 도와주면 '뭐지?' 싶다니까? 거기에 조금이라도 관심 있었으면? 그때는 끝이지. 바로 그날부터 데이트 나가는 거야."

피비가 호들갑 떨며 말했다.

"그래. 약 주고 일단 다음 날까지 기다려. 그런 다음 데이트 나가 자고 하면 끝나는 거야. 게임 끝이야."

루크도 옆에서 한술 더 보탰다. 나쁘지 않은, 그리고 지금까지 들었던 것들 중 가장 현실성 있고 단기간에 이룰 수 있는 조언이기도 했다.

"지금 빨리 나가서 핫팩이랑 목캔디 사 와. 그동안 우리는 아비게일 묶어 두고 너 도착할 때쯤에 슬쩍 자리 비켜 줄 테니까. 너 잘되면 우리한테 한턱 쏴야 된다?"

피비가 월의 어깨를 밀치며 어서 가라고 부추겼다. 얼떨결에 도서관에서 나온 월은 가까운 마트로 향했다.

"월은?"

자리로 돌아온 아비게일이 주위를 두리번거리며 월을 찾았다.

"왜? 월은 왜 찾아?"

피비가 미소를 꾹 누른 얼굴로 물었다.

"여기 있었는데 말도 없이 사라졌잖아. 가방도 안 보이길래."

"오늘 누구랑 밥 먹기로 했대."

루크가 아비게일의 반응을 떠보았다.

"그래? 여자랑? 그럼 이따가 다시 오는 거야?"

아무 생각 없이 물어본 아비게일의 말에 루크와 피비가 김칫국을 들이마셨다.

주머니에서 진동이 느껴진 윌이 핸드폰을 확인했다.

루크: 야 대박. 아비게일 오자마자 너부터 찾는다. 어디야?
윌: 나온 지 5분도 안 됐다. 아직 마트 가는 중.

메시지는 퉁명스럽게 답했지만 심장은 터질 듯이 뛰었다. 아직 고백도 하지 않았는데 벌써부터 아비게일과 데이트하면 어디에 갈지 상상하고 있는 자신을 발견했다.

루크: 아, 너 점심 먹고 온다고 했는데 집에서 2시간 정도만 있다가 올래?
윌: 고마워. 도서관에서 나갈 때 연락해 줘. 무슨 일 생겨도 연락 주고.
루크: 걱정 마.

마트에 도착한 윌은 약국 코너에서 무엇을 살지 고민했다.
"그래도 제일 비싼 게 낫겠지?"
여러 가지 맛으로 진열되어 있는 약들 중 가장 비싼 레몬 맛 목캔디와 감기약을 골랐다.
"그리고, 핫팩은⋯."
주위를 둘러보자 뜨거운 물을 담을 수 있는 천에 싸인 고무병과 핫팩이 진열되어 있는 것을 발견했다. 한 손에는 고무병을 들고 다른 한손에는 핫팩을 든 윌이 무엇을 살지 고민했다.
"흠. 어차피 핫팩은 식을 거고, 고무병은 평생 쓸 수 있으니까⋯

둘 다 사면 되겠네."
 잠깐의 고민 뒤, 윌은 고무병, 핫팩, 감기약, 목캔디 모두 사 들고 방으로 돌아가 루크의 지시를 기다렸다.

 시간이 흐르고 해가 질 무렵 윌의 핸드폰 진동이 울렸다.

 루크: 우리 15분 뒤에 나갈 거야. 잘해 봐. 행운을 빌어.

 루크의 메시지를 받은 윌은 고맙다는 짧은 메시지를 보내고 기숙사에서 나왔다.

 도서관에서 나오고 있는 루크-피비 커플을 마주친 윌은 힘내라는 응원을 받고 문을 열고 안으로 들어갔다. 아비게일에게 어떻게 말할지 아직 머릿속에서 정리가 되지 않았지만 어떻게든 되리라 생각한 채 숨을 깊게 들이쉬고 아비게일이 있는 자리로 걸어갔다.
 "어? 방금 애들 나갔는데 마주쳤어?"
 윌을 발견한 아비게일이 아직도 갈라지는 목소리로 물었다.
 "아니? 나는 못 봤는데."
 "정말? 진짜 방금 나갔는데. 타이밍이 안 맞았나 보다."
 "응. 그런가 보네."
 고백하려고 마음먹으니 무슨 말을 해도 어색하게 느껴졌다.
 "몸은 좀 어때?"

월이 아비게일의 옆에 앉아 물었다.

"괜찮아. 안 죽어."

아비게일이 웃자 볼에 보조개가 떠올랐다. 아비게일의 웃는 얼굴을 보니 월의 머릿속이 많은 생각들로 가득 찼다.

언제 고백해야 할까?
내가 좋아한다고 하면 어떻게 반응할까?
싫어할까?
거절하면 어떻게 반응해야 할까?
정말 오늘 고백하는 게 맞을까?

끊임없이 떠오르는 생각을 겨우 멈추고 아비게일의 옆자리에 앉아 언제 마트에서 산 감기약을 넘겨줄지 눈치를 살폈다.

"몸은 좀 어때?"

뭐라도 말해야 할 것 같아 한 월의 질문에 아비게일이 빤히 쳐다보았다.

"왜?"

"그 말 아까도 물어보지 않았어?"

아차차. 머릿속이 혼란스럽다 보니 정말 아무 말이나 뱉어 버렸다.

"그냥 아무리 봐도 안 좋아 보여서."

월이 아비게일의 눈 밑 다크서클을 가리키고 말했다.

"아… 많이 심해? 오늘 애들도 하루 종일 나 안 좋아 보인다고 그러던데."

아비게일이 핸드폰 화면으로 얼굴을 이리저리 돌려 확인했다.

"아직도 알바 나가?"

"응. 목소리가 이래서 주문은 못 받고 그냥 주방에서 설거지만 돕는 정도야. 그래도…."

아비게일이 콜록거리며 기침하자 월이 아비게일의 말을 막았다.

"그만, 그만. 그러다가 진짜 죽겠다. 이거 좀 먹어."

월이 가방에서 감기약과 물을 꺼내 뜯어 아비게일의 손에 쥐여 주었다.

"나 주려고 사 온 거야?"

약을 받은 아비게일이 얌 하고 입에 넣어 삼켰다.

"레몬 맛 좋아해?"

월이 묻자 아비게일이 토끼 눈을 하고 월을 보았다.

"레몬? 그냥 싫지도 좋아하지도 않지. 왜?"

이번에는 월이 가방에서 레몬 맛 목캔디를 꺼내 아비게일의 손에 건네주었다.

"진짜 나 주려고 사 온 거야? 고마워."

목캔디를 하나 집어 입에 넣은 아비게일의 목소리가 한층 부드러워졌다.

"아니야. 점심 먹고 집에 들르는 김에 그냥 생각나서 가져온 거야. 그리고 이것도 받아."

월의 말을 믿는 건지 아닌 건지 아비게일이 천천히 고개를 끄덕이며 가방을 뒤적거리는 윌을 바라보았다.

"자. 이것도 받아."

윌이 고무병과 핫팩을 꺼내 아비게일의 앞에 놓았다. 아비게일은 고무병을 이리저리 둘러보고 냄새도 맡아 보았다.

"새것 맞는 거 같은데?"

고무병 내부 냄새를 맡던 아비게일이 말했다.

"그건 새로 샀는데 다른 건 집에 있던 거야."

왠지 거짓말이 들키는 게 싫어 고무병까지만 인정했다.

"그래? 아무튼 고마워. 안 그래도 배 아팠거든."

아비게일이 핫팩을 하나 뜯어 배에 붙였다.

"맞다. 그래서 너 얼마 전에 새로 나온 게임 해 봤어?"

한 손을 배에 얹은 아비게일이 물었다.

"응. 그거 오픈 엔딩이라고 해서 몇 번 해 봤는데 계속 같은 결말만 나오더라."

"그 게임이 원래 게임하는 사람의 성향대로만 결말이 난다고 하더라. 이제 슬슬 따뜻하다."

에어컨은 시원하고 배는 따뜻하니 무시하고 있었던 피로가 한꺼번에 밀려오는 듯했다. 자신의 옆에서 꾸벅꾸벅 졸고 있는 아비게일을 본 윌이 손가락으로 아비게일의 어깨를 툭툭 쳐 깨웠다.

"엎드려서 한숨 잘래? 내가 이따가 깨워 줄게."

"고마워. 그럼 부탁할게."

반쯤 감긴 눈으로 윌에게 부탁한 아비게일이 책상에 엎드려 잠에 빠져들었다. 푸석푸석한 머리 위로 후드 집업을 뒤집어쓰고 잠든 아비게일의 모습을 보니 윌은 오늘은 아니라고 느꼈다.

그리고 다음 날 도서관에서 고백을 하지 않았다는 소식을 들은 루크는 노발대발 윌에게 난리 쳤다.
"왜? 도대체 왜 고백 안 했어? 분위기가 별로였어? 아니면 그냥 입이 안 떼어진 거야?"
분위기는 괜찮았지만 아픈 아비게일에게 부담을 주고 싶지 않았다.
"그냥 그날은 느낌이 아니었어. 그 자리에 있는 사람만 느낄 수 있는 그런 기운 있잖아."
윌의 설명을 들은 루크가 아쉬워했다.
"그럼 그냥 진짜로 엎드려 자고 일어나서 '안녕!' 하고 헤어진 거야?"
루크가 다시 한번 더 확인했다.
"응. 그렇다니까."
"그래. 어쩔 수 없지. 어제만 날이냐, 다음에도 기회가 있을 거야."
루크가 윌의 어깨를 토닥이며 위로했다.

그렇게 또 몇 주가 흘러 마지막 기말고사 날이 다가왔다. 루크와 같이 마지막 시험을 끝내고 도서관 앞을 지나가던 길에 잔디 공원에 앉아 있는 아비게일을 발견했다. 윌이 아비게일을 발견한 걸 눈치챈 루크가 윌의 등을 가볍게 밀쳐 냈다.
"가. 나는 어차피 피비랑 만날 거였으니까. 커플 사이에 끼어서 노는 것보다는 이게 더 낫지 않아?"

　물론 커플 사이에서 끼어 노는 것도 미안한 마음에 불편했지만 아비게일과 있는 것도 마냥 편한 것은 아니었다. 그래도 윌은 잔디 공원으로 걸어갔다.

　잔디 공원은 몇 달 전, 그림을 그리고 있던 아비게일이 앉아 있을 때처럼 태양빛에 붉게 물들어 있었다.
　아비게일에게 성큼성큼 다가간 윌이 어깨를 툭툭 건드렸다.
　"그림 그려?"
　"응."
　그림에만 집중하는 아비게일의 대답이 왠지 퉁명스럽게 느껴졌다. 아비게일의 미지근한 반응에 '내가 뭔가 잘못했나?' 하고 괜히 걱정을 하며 옆에 앉았다.
　"저번 그림이랑 뭐가 달라진 거야?"
　"저번에 그리던 거 이어서 그리고 있어. 한동안 바빠서 못 그렸거든."
　아비게일이 태블릿에 그리던 그림을 줌 아웃해서 윌에게 보여 주었다.
　"어때?"
　"멋지네."
　담벼락 안으로 작은 잔디 마당이 딸린, 벽돌로 된 1층집이었다.
　"내부 구조는 생각해 봤어?"
　윌의 물음에 아비게일이 놀란 표정을 지었다.

"네가 해 줄래? 너 인테리어 디자인할 줄 알아?"

입술에 태블릿 팬을 문 아비게일이 물었다.

작고 도톰한 입술이 팬을 물고 있는 모습도 귀여웠지만 무엇보다 나중에 살 집을 디자인해 주라는 말이 윌을 한 번 더 설레게 만들었다.

"당연하지. 어떻게 해 줄까? 집 구조 생각나는 대로 말해 봐."

윌이 아비게일의 품에서 태블릿과 팬을 가져와 스케치를 시작했다.

"음. 방 셋, 화장실 둘, 부엌… 아! 부엌에 아일랜드 식탁이 꼭 있어야 돼."

"또?"

"그리고 거실…?"

윌이 웃음을 터트렸다.

"그게 뭐야? 더 없어?"

"아! 화장실에 욕조도 꼭 있어야 돼."

"오케이~."

윌은 아비게일과 시시콜콜하게 수다를 떠는 이 순간이 행복하게 느껴졌다. 그리고 이 순간을 계속 이어 가고 싶다는 생각 또한 수없이 들었다. 이번 학기가 끝나면 이제 겹치는 수업도 없을 테니 단둘이 학교에서 만날 일도 적어질 게 분명했다. 그래도 공부 클럽이 있어 주기적으로 만나긴 하겠지만, 서로 바쁜 학교 일상에 조금씩 멀어질 것만 같았다.

온갖 생각이 머릿속에서 뒤죽박죽 섞인 윌이 아비게일을 보았다. 검은색 티에 검은색 레깅스. 아무 꾸밈없는 얼굴이 그 누구에게도 잘 보일 생각이 없다는 걸 대변하는 듯했다.

"아비게일."
"왜?"

아비게일의 얼굴을 보니 머릿속에 또 온갖 생각이 들어가고 나가, 마치 시간이 느리게 흐르는 것 같았다. 그러다 문득 유튜브에서 본 연애 관련 영상이 머리를 스쳐 지나갔다.

그 영상의 내용은 고백을 하는 데 두려워하지 말라는 내용이었다. 만약 고백에 실패하더라도 고백을 거절한 입장에선 "내가 좀 괜찮게 생기긴 했지."라는 생각이 들어 그날 하루의 기분을 띄워 줄 것이고, 고백을 성공하면 그건 그대로 좋은 게 아니냐는, 어떻게 보면 고백을 준비하는 사람들에게 용기를 심어 주고 고백을 실패한 사람들에겐 다시 일어날 힘을 실어 주는 영상이었다.

윌이 아비게일의 눈을 마주 보고 말했다.

"나 너 좋아해."

거절해도 괜찮으니 마음만이라도 알아줬으면 하는 생각에 떠밀려 결국 저질러 버렸다.
"에이, 장난치지 마."
평소 주변 사람들에게 아비게일은 '윌 여자 친구', 윌은 '아비게일 남자 친구'로 불리던 게 익숙했던 아비게일은 윌이 장난을 치는 줄

135

로 착각했다. 윌은 자신의 어깨를 주먹으로 툭툭 밀치는 아비게일에게 다시 한번 자신의 마음을 전했다.
"미안. 장난 아니야. 정말 좋아해."
윌의 진심을 느낀 아비게일의 표정에서 웃음기가 조금씩 사라졌다. 아비게일의 얼굴에서 윌은 아비게일의 생각을 읽을 수 있었다.
아마도 "미안."일 것이다.

"미안."

역시 윌의 예상대로였다.
"나 알바하는 데서 좋아하는 사람이 있어서. 미안해."
조금의 정적이 흐른 뒤, 아비게일의 불편한 기색을 느낀 윌이 웃으며 분위기를 풀었다.
"미안해. 너무 갑작스러웠지?"
"으응. 괜찮아. 나보다 더 좋은 여자 만날 거야."
고백도 거절당하고 당사자에게 최악의 위로까지 받았지만 마음 한편의 묵은 때가 시원하게 뻥 뚫린 듯한 느낌이 들었다.
"나 때문에 어색해지지 말고 친구로 지내자."
자신의 입에서 나온 말이지만 윌 본인도 이게 말인지 방귀인지 헷갈렸다.
"그래! 베스트 프렌드."
윌의 말을 받아 주며 아비게일이 윌에게 주먹을 건넸다.

"베스트 프렌드."

윌이 아비게일의 주먹을 가볍게 치며 답했다.

그 뒤, 아비게일과 윌은 아무 일 없었다는 듯 방학이 오기 전까지 공부 클럽 멤버끼리 밥도 함께 먹고 해변가도 놀러갔다. 달라진 점이라고 하면, 윌의 슬픈 소식을 들은 피비와 루크가 더 이상 아비게일과 윌을 엮는 일이 없어졌다는 것이다. 방학 동안 윌은 멜버른으로 돌아가 가족들과 시간을 보내고 돌아왔다.

시간이 지날수록 아비게일과 사이는 자연스럽게 멀어져 길가다 마주치면 눈인사하는 사이 정도가 되었다.

9.

"개운한데 찝찝하네."
꿈에서 일어난 월이 소감을 말했다.
"꿈이 기억나십니까?"
며칠 전, 치매 증상이 도졌을 때 꿈 컨트롤러의 기억이 나지 않았던 일이 있어 이브가 물어보았다.
"하하. 부끄럽게도."
조금은 창피한 기억이었기에 월이 멋쩍은 웃음으로 답했다.
"기억이 전부 나십니까? 낙제 메일 받은 것부터, 아비게일 님과 같이 발표한 것, 고백해서 차인 것까지 혹시 제가 말한 것 중 기억이 나지 않는 부분이 있나요?"
이브가 월이 아비게일을 짝사랑하며 했던 행동, 감정 등 모든 것들을 하나하나 짚으며 물어보았다.
"너 나 놀리는 것 같은데. 너무 상세하게 늘어놓는 거 아냐?"
월이 고개를 갸우뚱거렸다.
"아닙니다. 저번과 다른 이유를 찾을 수 있어야 다음에도 기억이 나지 않는 걸 사전에 방지할 수 있습니다."

"음… 어젯밤 네가 날 업어서 침대에 눕혀 준 건 기억나."

머리를 쥐어짠 윌의 대답을 들은 이브가 고개를 끄덕였다. 아마도 치매 증상이 없거나 끝났을 때 꾸는 꿈 컨트롤러는 기억이 나는 듯했다.

"그럼 어제 니콜 님이 방문했던 것도 기억이 납니까?"

이브의 말을 들은 윌의 눈빛이 모른다고 대답하고 있었다.

"말해 줘. 내가 니콜에게 상처 주는 말이라도 한 건 아니지?"

윌의 부탁으로 이브가 어제 있었던 일을 설명해 주었다. 니콜이 학교에서 돌아온 것으로 착각한 것부터 이브와 밤 산책을 나간 것까지.

"내가 많이 좋아했나 보네."

윌이 벽에 걸린 젊은 아비게일과 윌의 사진을 보며 말했다.

"네. 아비게일 님은 내심 설마는 하셨던 것 같은데 고백까지 받으실 줄은 예상을 못 하셨던 것 같습니다."

"맞다. 아비게일의 일기를 읽었다고 그랬었지?"

"네. 창고를 정리하다 읽게 되었습니다."

"어디부터 어디까지 쓰여 있었어?"

"학교에 들어오기 전부터 쓰이긴 했지만 본격적으로 시작한 건 윌 님이 입학하셨던 25년부터 돌아가시기 전까지 쓰여 있었습니다."

"내가 꾼 꿈들, 가짜는 아니지?"

윌의 물음에 이브가 손사래를 쳤다.

"절대 그럴 일 없습니다. 기억을 조작하는 행위는 병원에서 하는 전문적인 의료 목적이 아니면 애초에 할 수 없도록 설계되어 있습니다."

기억을 조작한다. 아주 윤리적인 문제였다. 누구든 행복한 기억으로 후회 없이 죽고 싶지만, 꿈을 조작하는 건 범죄나 전쟁을 겪은 뒤 외상 후 스트레스 장애 때문에 일상생활이 힘든 사람들을 위주로 철저한 심사를 통해서만 이루어졌다.

"아무튼 좀 창피한 기억이네. 내가 그렇게 좋아했는데 나중에 내가 다시 연락해서 만나게 되겠지?"

윌이 다음 꿈을 예측했다.

"차라리 아비게일의 일기장을 읽을까?"

"그건….."

이브가 윌을 자제시켰다.

"왜? 내가 아직 보면 안 되는 좋은 거라도 있나 봐?"

"네. 제가 꿈으로 전부 풀어서 보여 드리겠습니다."

"만약, 내가 기억을 또 잊으면, 계속 보여 줘."

"네. 알겠습니다."

"그래도 나는 오늘 꿈꾸면서 고백도 못 하고 어영부영 끝날 줄 알았는데. 하긴 했네."

"그 당시 아비게일 님은 카페에 좋아하는 남자가 있었습니다. 윌 님은 단지 타이밍이 안 좋았을 뿐이에요."

이브가 윌을 위로해 주었다.

"그래도 차인 건 우울한데….".

꿈의 영향 때문인지 윌이 감정 기복을 겪는 듯 보였다.

"꿈에 나왔던 게임을 해 볼까요? 젊었을 적 윌 님과 다르게 결과나 나올 수도 있잖아요."

이브가 제안했다.

"네가 해 보는 건 어때?"

"제가요?"

"응. 궁금하지 않아? 너는 어떤 결말을 보게 될지?"

윌의 눈에 호기심이 차올랐다.

"네?"

"해 보자!"

윌이 티브이에 연결되어 있는 게임기로 꿈에서 보았던 〈You make story end〉를 켰다.

윌이 게임을 켜자 짤막한 게임 트레일러 뒤로 '새로 하기'와 '이어서 하기' 버튼이 화면에 떴다. 컨트롤러를 넘겨받은 이브가 '새로 하기'를 눌러 게임을 시작했다. 이브가 게임에 접속하자 '다양한 결말 보기: 도전과제 달성'이라는 문구가 작게 떴다.

〈You make story end〉는 처음으로 인공지능이 게임 엔진에 도입된 게임이었다. 선택지를 고를 때마다 인공지능이 플레이어의 심리를 파악하고 분석해 선택하기 힘든 선택지를 제공하는 형식이었다.

"와…."

이브의 플레이를 본 월이 감탄을 뱉었다. 며칠 전, 탈출 게임을 하던 이브와는 완전히 다른 사람 같았다. 매 순간마다 적절하고 안전한 선택을 골라 좀비에게 쫓기는 생존자 무리를 생존으로 이끌었다.

그렇게 게임이 막바지에 다다를 무렵, 생존자 무리 중 한 명이 뒤처지게 되었다. 위기에 처한 한 명을 위해 본인을 희생할지, 자신과 모두를 위해 낙오된 생존자를 버릴지 골라야 하는 상황이 되었다. 월은 머릿속으로 지금까지의 플레이한 시간과 고생이 아까워 그냥 낙오자를 버리는 게 합리적이라고 생각했다.

하지만 월의 예상과는 다르게 이브는 캐릭터를 돌려 낙오자를 위해 좀비 무리를 다른 곳으로 유인해 또 다시 다른 선택지를 만들어 냈다.

결국 이브는 혼자 좀비 떼를 따돌려 낙오자가 생존자 캠프에 도착할 때까지 시간도 벌고 생존까지 성공하여 모두가 살아남는 결말을 만들어 냈다.

"우와…."

월이 감탄과 함께 기립 박수를 쳤다.

게임이 끝나고 엔딩 크레딧과 함께 '도전과제 달성 , 모두 함께 생존자 캠프 도착하기. 상위 0.1%'이라는 문구가 떴다. 합리적이고 완벽한 선택이 만들어 낸 결과였다.

"후."

게임을 끝낸 이브의 몸, 특히 머리에서 열이 느껴졌다. 아무래도 많이 집중한 듯 보였다.

"좀 쉬어. 고생했어."

소파에 늘어지듯 쓰러진 이브에게 윌이 손으로 부채질을 해 주었다.

"비가 오려나?"

이브가 게임을 시작할 때까지만 해도 푸르던 하늘이 먹구름으로 가득 차 있었다.

"네. 오늘 밤에 천둥 번개를 동반한 폭풍우가 예상됩니다."

"느낌이 안 좋아."

"왜 그러십니까?"

"오늘 밤 잠들면 또 차일 것 같아."

윌의 걱정에 이브가 피식 웃었다.

"그리고 일기 예보가 하나 더 있습니다."

"일기 예보?"

"네. 폭우 뒤에는 무지개가 뜰 것으로 예상됩니다."

"무지개 하니까 생각났는데, 비가 온 뒤 말이야."

"네?"

"비가 오고 난 뒤 왜 세상이 더 다채로워 보이고 예뻐 보이는 줄 알아?"

"왜입니까?"

"비 올 때는 구름에 가려져서 세상이 어둡고 칙칙해 보이는데 비가 그치고 구름이 걷히면…."

월이 허공을 손으로 삭 훑으며 말을 이어 갔다.

"태양 빛에 빛나던 하늘이 아무리 평생 봐 왔던 거라도 더 예쁘게 보이거든. 비 때문에 가려졌던 그 찰나 때문에. 무지개는 덤이고."

이브가 알 수 없는 미소로 천천히 고개를 끄덕였다.

"명심하겠습니다."

10.

대학교를 졸업하고 세 번째로 맞는 겨울이 왔다. 월은 멜버른으로 돌아와 주택 외부, 내부 디자인을 맡아 건설하는 업체에 취직하게 되었다.

"하아."

아침에 출근을 하는 월의 입에서 입김이 나왔다. 겨울, 아니, 매년 부는 입김이지만 추운 겨울철 가장 즐거운 장난이었다. 고개를 들어 올려다본 하늘은 아직 뿌연 검푸른 빛을 띠고 있었다. 뉴스에 빠지지 않고 등장하는 주제인 대기 오염 때문에 하늘이 많이 탁해져 옛날처럼 푸른 하늘과 맑은 공기를 맡기 힘들어진 요즘이었다.

"이러다 숨 막혀 죽겠다."

월이 주머니에서 마스크를 꺼내 귀에 꼈다. 대기 오염이 심각해진 요즘 마스크를 조금만 벗어도 목이 칼칼해지는 느낌이 들었다. 뿌연 하늘 탓인지, 아직 날이 밝지 않아서인지 길에 심어진 가로수들의 나뭇잎 또한 회색빛으로 색을 잃은 듯 보였다.

"굿모닝~."

월의 인사에 사무실에 먼저 도착한 다른 직원들이 인사를 받아 주었다.

"저번 인테리어는 어떻게 됐어요?"

월이 자리에 앉자 옆자리에 앉은 직원이 물어보았다.

"아, 오늘 사무실로 와서 상담하기로 했어요. 한 30분 있으면 오겠네요."

월이 워치로 시간을 확인하고 인테리어 도안을 파일에 정리했다.

정리를 마치고 기다리고 있는 월에게 리셉션에서 온 전화가 울렸다.

"안녕하세요."

미팅 룸에 들어온 의뢰인이 먼저 준비해 앉아 있던 월에게 인사했다. 방에 들어온 의뢰인은 마스크를 쓰고 있었지만 갈색 생머리에 검은색 안경, 호박색 눈동자를 가지고 있었다.

"아, 안녕하세요."

의뢰인을 본 월이 머릿속으로 설마설마하며 되뇌었다. 설마설마하는 마음이 생기니 왠지 모르게 가슴도 두근거리는 것 같이 느껴졌다. 일단 의뢰인의 반응을 보니 아비게일은 아닌 것 같아 월이 도안을 테이블에 펼쳐 설명을 시작했다.

"요즘 이런 식으로 개방된 창문에 에어 필터 설치하는 게 대세예요."

월이 여러 가지 도안 중 창문이 가장 버전을 보여 주며 설명했다.

"아, 저기 저건 뭐예요?"

기억이 희미해진 건지, 아니면 의뢰인이 정말 아비게일인 건지.

의뢰인과 대화를 나눌수록 아비게일의 목소리를 닮은 것 같기도 했다.

"혹시 마스크 쓰시는 거 불편하지 않으세요?"

마스크 안에 있는 의뢰인이 아비게일인지 확인하고 싶었던 윌이 마스크를 벗는 걸 유도하기 위해 미팅 룸 구석에 있는 공기 청정기를 켰다.

"아니에요. 이젠 익숙할 때도 됐죠."

"그럼 가실 때 마스크 새로 드릴 게요. 요즘 공기가 많이 안 좋아서 뉴스 보니까 2시간에 한 번씩 마스크 갈아 써야 한다더라고요."

더 물어보면 이상하게 볼 것 같아 적당히 둘러댔다.

"네. 감사합니다."

그래도 의뢰인이 아비게일일 수도 있다고 생각하니 더 열정적이고 친절하게 설명하게 되었다.

"천천히 생각해 보시고 마음에 드시는 인테리어로 메일 보내 주세요."

상담이 끝나고 자리에서 일어난 윌이 의뢰인과 악수를 했다.

"네. 마스크도 잘 쓸게요."

의뢰인이 쓰고 온 마스크를 벗고 윌이 준 마스크로 갈아 썼다. 마스크를 벗은 의뢰인은 아비게일이 아니었다.

의뢰인의 얼굴을 확인한 윌이 '그럼 그렇지.'라고 생각하며 종이들이 지저분하게 널브러진 테이블을 정리했다.

사무실 자리로 돌아온 윌은 시간이 남아 작업을 하는 척 웹 서핑을 즐겼다. 마우스 드래그를 내리던 중 새로 개봉한 영화의 예고편이 눈에 들어왔다. 옛날 대학교에 다닐 적 했던 〈You make story end〉 게임을 원작으로 한 실사화 영화였다.

"오늘 아비게일 날인가 보네."

한 손을 턱에 괸 윌이 피식 웃으며 중얼거렸다. 아비게일과 같이 다녔던 옛날 생각이 나 그때로 잠시 돌아간 느낌이 들었다. 맑았던 공기, 포근한 섬유유연제 냄새, 그리고 두근거리던 일상으로.

결국 추억에 이끌려 오늘 밤, 양옆 자리가 비어 있는 좌석으로 예약했다.

심야 영화 시간대라 그런지, 영화관에는 사람들이 많지 않았다.

"H7열⋯."

영화관 문을 열고 들어온 윌이 자리를 찾아 코트를 벗고 앉았다. 10분 정도 일찍 와서 앉아 있었기에 광고 시간까지 합치면 30분 정도 여유가 있었다. 그래서 윌은 극장의 불이 꺼질 때까지 핸드폰을 했다. 영화가 시작하기 전, 대피소 안내 방송을 하고 있을 때 한쪽에서 누군가 고개를 숙이고 걸어오는 게 보였다. 윌은 속으로 '내 옆자리만 아니었으면.' 하고 앞을 보았지만 역시나 낯선 사람은 유일하게 비어 있던 윌의 옆자리에 앉았다.

옆자리 사람이 폭하고 자리에 앉자 옛날 아비게일과 같은 포근한 섬유유연제 냄새가 향수, 화장품 냄새와 섞여 주변에 은은하게 퍼졌다.

추억의 냄새에 젖어 영화를 본 월은 마치 아비게일과 함께 영화를 보는 느낌이 들었다. 얼핏 보인 옆자리 사람은 안경도 쓰고 있지 않았고, 머리도 금발이 섞인 갈색 머리였기 때문에 아비게일이라고 생각조차 들지 않았다.

영화가 끝남을 알리는 불이 켜지고 월이 자리에서 일어났다.
"저기…."
익숙하고 가슴 두근거리는 목소리가 귓가에 들렸다. 두 귀를 의심하고 돌아본 월의 옆자리에 토끼 눈을 뜬 아비게일이 앉아 있었다. 마스크를 쓰고 있었지만 이번에는 확실히 알 수 있었다. 비록 다른 머리색에 안경도 쓰지 않고 다른 냄새도 섞여 있었지만, 분명 아비게일이었다.
"월 맞지?"
월은 대답 대신 마스크를 내려 얼굴을 보여 주었다.
"진짜 너야?"
월의 얼굴을 본 아비게일도 마스크를 내려 반가운 얼굴로 월의 코트 끝자락을 꼭 잡았다.
"오랜만이네? 어떻게 지냈어?"
월이 물었다. 옛날만 해도 매일같이 보고 싶은 얼굴이었는데 이제는 마주 봐도 여유가 생겨 꽤 덤덤하게 느껴졌다.

월의 고백을 거절한 아비게일은 자신이 원하는 대로 카페의 남자와 사귀게 되었다. 시간이 흐르며 왠인지 모를 무언가 부족한 기분에 그와 헤어지게 되었다. 그 후 대학교에서 다시 우연히 윌과 마주쳤을 때, 아비게일은 깨닫게 되었다. 자신의 옆에 머물며 윌이 했던 행동, 눈빛, 말투, 배려 하나하나가 자신을 정말 좋아했기에 나올 수 있었던 것이라고. 그 뒤로 윌이 자꾸만 생각나고 그리웠지만 이미 윌과 사이가 멀어진 뒤였다.

늦은 시간에 열려 있는 카페가 주위에 없어 아비게일의 숙소까지 윌이 같이 걸어가 주었다.
"멜버른에서 사는 거야?"
윌이 물었다.
"아니, 워크숍 때문에 일주일 정도 왔는데 이렇게 보게 되네?"
"워크숍?"
"응. 이제 이틀 뒤에 다시 골드 코스트로 돌아가. 이야, 그런데 어떻게 이렇게 만나?"
들뜬 목소리로 아비게일이 감탄했다.
"멜버른 영화관은 얼마나 다르나 궁금해서 와 봤는데. 와 보길 잘했네."
아비게일이 윌의 옆구리를 툭 쳤다.
"아하."
고개만 끄덕이는 윌의 반응이 왠지 모르게 시큰둥하게 느껴졌다.
"나는 졸업하고 잡지 회사에서 일러스트레이터로 일하고 있어. 너는 어떻게 지냈어?"

아비게일이 물었다.

"정말? 나는 건설 회사에서 일하는데. 우리는 고객이 인테리어 디자인 의뢰하면 맡아서 건설에 옮겨."

윌의 말에 아비게일이 더 자세하게 듣고 싶어 머리를 귀 뒤로 넘겼다.

"그리고 또?"

"그리고 뭐… 우리 회사가 하는 일이 딱히 더 없는데."

"아니, 졸업하고 어떻게 살았냐고."

"그냥 뭐 취직하고 집, 일, 집, 일 이렇게 반복해서 살았지."

"그렇구나. 여자 친구는 생겼어?"

"아니, 바빠서 만들 여유가 없더라. 너는?"

"나도. 대학 졸업하고 다들 바쁘게 사나 봐."

아비게일과 함께 걸으니 또 포근한 섬유유연제 향이 코를 스쳤다.

"아, 그런데 말이야."

"응?"

"너 섬유유연제 어떤 거 써?"

문득, 포근한 섬유유연제 냄새의 정체가 궁금해졌다.

"아, 나 두개 섞어서 써. 목화꽃이랑 바닐라 향."

어쩐지 온 마트를 뒤져도 찾을 수 없는 이유가 여기 있었다.

"어? 벌써 도착했네."

대화하며 걷는 사이 어느새 둘은 호텔 입구까지 도착해 있었다.

"오랜만에 봐서 좋았어. 종종 안부 연락 할게."

월이 작별인사를 꺼냈다.

"벌써 가게?"

아비게일이 아쉬운 목소리로 물었다.

"나도 내일 일이 있기도 하고, 너도 워크숍 가야지. 돌아가기 전에 시간 맞으면 같이 놀자."

"나 내일 모레 쉬어. 그날 너 시간 괜찮으면 만날까?"

아비게일의 말을 듣고 텅 비어 있던 월의 머리 한편에서 루크의 목소리가 들렸다. '이건 신이 주신 기회다.'

"나도 내일 모레 쉬어. 일단 늦었으니까 내일 연락하자. 들어가~."

월은 벌써부터 김칫국을 마시고 싶지 않았기에 일단 최대한 여유로운 척, 무덤덤한 반응으로 인사했다.

* * *

아비게일: 뭐 해? 내일 어디서 만날까?

다음 날 저녁 시간에 온 메시지를 본 월의 심장이 쿵쾅거렸다.

월: 핸드폰 하고 있었어. 가 보고 싶은 곳 있어?

아비게일: 멜버른이 처음이라 네가 추천해 줄 수 있어? 그리고 나 3일

더 머물기로 했어.

윌: 왜? 워크숍 연장됐어?

아비게일: 아니. 그냥 오랜만에 너 만났으니까 더 놀다가 가려고.

윌: 그래도 돼? 일은?

아비게일: 나 없어도 잘 돌아가. 그래서 내일 어디 갈 거야?

윌: 그럼 내일 나이트 마켓같이 가자. 거기 먹을 거 많아.

아비게일: 오케이. 그럼 내일 2시에 어제 헤어진 호텔 입구에서 만나.

윌: 2시? 나이트 마켓 가기에 좀 이르지 않겠어?

윌의 메시지를 받은 아비게일이 멱살을 잡듯 핸드폰을 잡고 들어올려 이리저리 흔들었다.

"아 좀! 오라면 좀 와라!"

아비게일: 그냥 할 것도 없고 미리 만나서 시티 구경 좀 하고 가고 싶어서.

윌: 아~ 그래. 그럼 2시까지 갈게. 내일 봐.

아비게일: 내일 봐!

약속을 잡은 아비게일과 월은 서로 같은 생각을 했다.

"내일 예쁘게/멋지게 입어야 하나, 월/아비게일이 편하게 입고 나오면 어떡하지."

결국 무엇을 입을지 결심한 둘은 다음 날이 되어서야 자신의 선택이 옳았음을 알게 되었다.

"원피스 잘 어울린다. 원래 있던 거야?"

"응. 혹시 워크숍에서 입을 일 있을까 봐 챙겨 왔어. 너도 셔츠 잘 어울린다."

아비게일은 아침 일찍 일어나 시티에 있는 옷 가게 6군데를 돌고 나서야 마음에 드는 원피스를 고를 수 있었다. 덕분에 옷 가게를 돌아다니는 동안 이미 시티 구경을 다 마쳤다고 봐도 무방한 상태였다.

"어제 난 너 아닌 줄 알았어. 염색은 그렇다 쳐도, 너 원래 렌즈랑 향수 안 하고 다니지 않아?"

"나도 꾸밀 때는 꾸며."

아비게일이 윌의 옆구리를 가볍게 찔렀다.

"그나저나 너는 좀 변한 것 같다? 생긴 건 그대론데 뭐랄까, 분위기가 좀 더 성숙해졌다고 할까?"

"그래? 너는 아직도 20살 초반이라고 해도 믿겠던데. 나만 나이 먹은 것 같아."

윌의 말을 들은 아비게일의 입이 입꼬리에 걸리려고 했다.

"됐어. 어? 우리 인형 뽑기 할래?"

아비게일이 밀크티 숍과 인형 뽑기 기계가 같이 있는 카페를 손가락으로 가리켰다.

"뭐 먹을래? 사 줄게."

월이 지갑을 꺼냈다.

"아니야. 다음에 만나면 사 줘."

"에세이 가르쳐 준 보답을 이제 갚는다고 생각하고 시켜."

"헐, 아직도 그걸 기억해? 그럼… 자몽 먹을까 말차 먹을까? 네가 아무거나 하나 골라 줄래?"

"그래."

먼저 인형 뽑기를 하고 있는 아비게일에게 월이 주문한 음료수를 양손에 들고 왔다.

"네 거는?"

월의 한 손에는 말차, 그리고 다른 한 손에는 자몽티가 들려 있었다.

"나는 별로 안 당겨서, 너 먹어."

"나 두 개 다 먹으면 배부른데. 하나는 너 마셔. 내가 알아서 뺏어 먹을게. 고마워."

한 손에 자몽티를 든 아비게일이 열심히 뽑기로 인형을 집어 보았지만 번번이 실패했다.

"아이씨, 될 거 같은데…."

"잘 안 돼? 뭐가 갖고 싶어?"

"저기 있는 핑크 공룡 뽑으려고 하는데 잘 안 뽑힌다. 다른 거 해 보자."

"동전 있어? 하나만 줘 봐."

동전을 받아 든 월이 손잡이를 툭툭 치더니 한 번에 열쇠고리 인형을 집어 뽑는 데 성공했다.

"우와와! 뭐야? 너 왜 이렇게 잘해? 너 원래 이런 거 잘했어?"

아비게일이 놀란 눈으로 물었다.

"너도 한번 해 볼래? 동전 하나 더 넣고 손잡이에 손 올려봐. 도와줄게."

월이 잡아 주는 방향대로라면 왠지 자신도 뽑을 수 있을 것 같이 느껴진 아비게일이 동전을 넣고 월의 지시를 기다렸다. 그런데 아비게일의 예상과는 달리 따뜻하고 큰 손이 자신의 손을 덮었다. 마치 온몸에 전기가 흐르는 듯 느껴졌다.

'뭐야, 왜 이래? 미쳤나 봐.'

아비게일이 속으로 소리 질렀다.

"여기서 오른쪽으로 짧게 두 번 가면 집게가 인형 전체를 덮을 수 있잖아."

"응…."

빨개진 귀의 아비게일이 넋 놓고 월을 바라보았다.

"집중해야지."

월이 아비게일의 머리를 돌려 뽑기 기계로 시선을 돌렸다. 그 뒤로 계속 밀착 강의를 받았지만 아비게일은 쿵쾅거리는 심장 소리가 월에게 들릴까 봐 노심초사하는 마음에 뽑기에 집중할 수 없었다.

"뽑았다!"

월이 아비게일의 손으로 파란색 열쇠고리 공룡인형을 뽑아 손에 쥐여 주었다.

"아니야. 이건 너 가져."

얼굴이 터질 것 같이 열이 오른 아비게일이 파란색 공룡을 다시 월의 손에 쥐여 주었다.

"그럴까? 어때, 재밌지. 이렇게만 하면 쉽게 뽑을 수 있어."

테니스공을 물어온 뒤 칭찬해 달라고 요구하는 골든 리트리버 같은 표정으로 뿌듯해하는 월을 본 아비게일이 마음속으로 주먹을 꽉 쥐었다. 옛날과 똑같은 모습의 월이지만, 그때와는 다르게 느껴졌다.

"와!"

뽑기 인형으로 가방을 채운 아비게일이 월과 나이트 마켓에 도착했다. 연기로 가득 차 있는 나이트 마켓은 여러 나라의 요리와 장식품, 미술품을 파는 상점들로 가득 차 있었다.

"천천히 둘러봐. 먹고 싶은 거 있으면 말해. 사 줄게."

"오, 고마워."

"와! 예쁘다!"

한 손에 아이스크림을 든 아비게일이 진열된 귀걸이 하나를 집어 귀에 대 보았다.

"어때? 잘 어울려?"

작은 별 모양에 가운데 빛나는 큐빅이 박힌 귀걸이였다.

"멜버른 온 기념으로 하나 사 줄까?"

"아니야. 좀 비싸다. 가서 맛있는 거 먹자. 이제 배고프다."

귀걸이의 가격을 본 아비게일이 귀걸이를 내려놓고 바비큐 연기가 자욱한 곳을 향했다.

"나는 아프리칸 바비큐 먹어 볼 건데. 너는?"

"난 야키소바 먹으려고. 이걸로 주문하고 음식 받으면 전화해."

월이 아비게일의 가방에 현금을 쑤셔 넣고 도망갔다.

"야!"

현금의 존재를 확인한 아비게일이 월을 불러 보았지만 이미 저 멀리 사라진 뒤였다.

본인 카드를 쓰기에는 돈을 준 사람에게 예의가 아닌 것 같아 월이 준 현금으로 바비큐를 포장해 월과 만나 테이블에 앉았다.

"사람 많지."

"응. 사람도 진짜 많고 먹을 것도 엄청 많다."

"오늘 날씨가 맑고 좋아서 많이들 나왔나 봐."

"그런가? 헐, 이거 완전 맛있어. 먹어 봐."

아비게일이 바비큐 한 조각을 포크로 집어 월의 입에 넣어 주려고 팔을 뻗었다.

"음, 그러네."

월은 아비게일의 손에서 포크를 빼고 직접 바비큐를 먹었다.

"내 것도 먹어 볼래?"

윌이 포크로 자신의 바비큐도 한 조각 집어 아비게일에게 건넸다.

"네 것도 진짜 맛있어!"

아비게일이 행복한 표정을 지었다.

"원피스에 연기 냄새 뱄겠다."

"괜찮아. 집에 가서 빨면 돼. 멜버른은 어때? 살 만해? 좀 정신없지 않아?"

"나야 뭐. 원래 살았던 데니까. 많이 정신없었나 보네."

"응. 처음에 왔을 때 너무 정신없어서 머리가 어지럽더라. 그럼 다시 골드 코스트로 돌아올 생각은 없고?"

아비게일이 물었다.

"음… 여기서 직장을 구하기도 했고, 주 이동하는 게 워낙 만만치 않게 힘드니까."

"아…."

혹시나 하는 마음에 물어본 아비게일이 본인도 모르게 실망 섞인 탄식을 뱉었다. 아비게일의 얼굴에서 실망감을 읽은 윌의 입꼬리가 올라갔다.

'사길 잘했다.'

실망하는 아비게일과 다르게 윌은 마음속으로 안도의 한숨을 뱉었다.

"내일도 볼 수 있어? 너 회사 나가야 되지 않아?"

어느새 또 헤어질 시간이 되어 호텔 앞에 도착한 아비게일이 윌에게 물었다.

"응. 나도 병가 냈어. 3일."

"그래도 돼?"

놀란 아비게일이 물었다.

"나 없어도 회사 잘 돌아가. 내가 아프다는데 어쩔 거야."

"그럼 내일 어디서 볼까? 아침은 안 돼. 무조건 오후부터 만날 수 있어."

"왜. 또 옷 사야 돼?"

"옷? 아, 나 이거 산 거 아니야. 진짜 챙겨 온 거야."

아비게일이 오리발을 내밀자 윌이 아비게일의 원피스 목 뒤에 붙어 있는 투명한 사이즈 스티커를 떼어 주었다.

"그냥 편한 옷에 샌들 신고 와. 내일 펭귄 나오는 해변가 가자."

스티커를 본 아비게일의 얼굴이 빨개지다 못해 터질 것 같았다.

"연락할게. 내일 봐~."

윌이 사라지고 혼자 남은 아비게일은 창피한 마음에 호텔 기둥에 머리라도 박고 싶었다.

아비게일: 뭐 해? 오늘 언제 만날 거야?

아침부터 나갈 준비를 마친 아비게일이 참지 못하고 윌에게 먼저 메시지를 보냈다.

월: 벌써 일어났어? 지금 씻고 나갈게. 1시간 뒤에 나오면 될 거야.

월과 세인트 킬다 바다에 도착한 아비게일은 펭귄이 나올 때까지 시간을 때우기 위해 동네 벼룩시장, 루나 파크 놀이공원에도 가서 함께 사진을 찍으며 놀았다.

루나 파크의 내부를 걸어 다니다 보니 이것저것 볼 것도, 탈 것도 꽤 있었다. 나란히 걸어 다니다 보니 자꾸만 아비게일의 손이 월의 손끝에 스쳤다.
"너 저런 거 잘 타?"
자꾸만 스치는 손가락에 이런저런 생각이 드는 월에게 아비게일이 롤러코스터를 가리켜 물었다.
"어? 아니?"
월이 고개를 저었다.
"잘 탄다고?"
"아니?"
월이 고개를 힘차게 저었다.
"타 보긴 했어?"
아비게일의 들뜬 표정에 월이 불안함을 감지했지만 이미 팔을 잡혀 끌려가고 있었다.
"우욱….”
"넌 무슨 나이도 어린 애가 이런 것도 제대로 못 타."

롤러코스터에서 내려 헛구역질하는 월을 토닥이며 아비게일이 말했다.

"이러면 안 되는데…."

"왜?"

곤란한 목소리로 중얼거리는 아비게일에게 월이 물었다.

"왜냐면… 다음 것도 타야 하거든."

아비게일이 월의 귀에 속삭였다.

"와, 스트레스 쫙 풀려."

녹초가 되어 죽어 가는 월과는 다르게 아비게일은 개운한 듯 기지개를 쫙 폈다.

"많이 힘들어? 뭐 좀 먹을까?"

헛구역질하는 월의 등을 토닥이며 아비게일이 물었다.

"너 먹어. 나는 괜찮아."

"그럼 저기 앉아서 좀 쉬고 있어 금방 사 올게."

얼마 지나지 않아 도착한 아비게일의 양손에 회오리 감자가 쥐어져 있었다.

놀이공원에서 나와 해안가에 노을이 질 무렵 펭귄이 해변가에 한 마리씩 올라오기 시작했다.

"진짜 귀여워!"

펭귄을 본 아비게일이 쪼그려 앉아 펭귄과 함께 사진도 찍고 인사하며 구경했다. 월의 눈에는 펭귄보다 노을빛에 물들어 붉게 빛나는 아비게일의 머리가 더 눈에 들어왔다. '역시 노을빛이 잘 어울리는 사람이다.'라는 생각이 들었다.
"나 사진 한 장 찍어 줘."
아비게일이 흘러내리는 머리를 귀 뒤로 넘기고 월에게 사진을 부탁했다.

펭귄 구경이 끝나고 아직 여운이 남은 아비게일과 월이 해안가를 같이 걸었다.
"옛날에 내가 갑자기 고백해서 기분 나쁘지 않았어?"
"응? 아니야. 놀라긴 했는데, 하나도 기분 안 나빴어."
"다행이다. 나는 네가 기분 나빠서 나 피하는 건 아닐까 걱정했거든."
"그럼 한 번 더 해 볼래?"
아비게일이 물었다.
"지금?"
"응. 나도 그때 너무 무례하게 거절한 건 아닌가 싶어서 좀 마음 쓰였거든."
"그래서, 이번에는 정중하게 두 번 차겠다고?"
월이 웃으며 물었다.
"아, 미안해. 이게 그런 의도가 아니었는데."
괜찮다는 월에도 아비게일은 미안하다며 사과했다.

"내가 이 시간에 별 보는 방법 알려 줄까?"

"이 시간에 별?"

"일단 조개껍데기 하나 집어서…."

월이 주변에 있는 조개껍데기를 하나 집어 왔다.

"일단 눈을 세게 감아야 돼."

아비게일이 눈을 질끈 감았다.

"손을 앞으로 내밀어서 쫙 펴 봐. 조개껍데기 올려 줄게."

"나 무서운 거 싫어."

"걱정하지 마. 그냥 껍데기야."

아비게일이 월의 지시대로 손을 쫙 펴 조개껍데기를 기다렸다.

아비게일의 손에 따뜻하고 큰 월의 손이 깍지 끼워지는 게 느껴졌다. 월도 긴장한 듯, 아비게일의 손을 터질 듯 꼭 잡고 있었다. 온몸으로 퍼지는 짜릿한 느낌에 아비게일이 눈을 떴지만 너무 세게 감았던 탓에 천천히 월에게 초점이 맞춰졌다. 마치 세상의 시간이 느리게 흘러가는 듯 귓가에 심장 소리가 쿵쿵 뛰었다.

"어때? 보여?"

월의 다른 손에 어제 아비게일이 보았던 별 모양 귀걸이가 케이스에 담겨 있었다.

"응…."

아비게일이 기어들어 가는 목소리로 답했다.

"고백받아 줄 거야?"

아비게일이 터질 듯한 얼굴로 고개를 끄덕였다.

진정이 된 아비게일은 별 귀걸이로 바꿔 꼈다. 그리고 윌에게 팔짱을 껴 꼭 달라붙은 채로 해변가를 걸었다.
"고마워."
아비게일이 윌을 올려다보며 말했다. 윌은 대답 대신 가볍게 아비게일의 입에 자신의 입을 맞추었다. 겨우 진정이 되었던 아비게일은 또다시 얼굴이 빨개져 고개를 푹 숙이고 자신의 발을 치는 파도만 보며 걸었다. 아비게일은 쑥스러웠지만 그래도 이 순간을 놓치고 싶지 않아 윌의 몸이 한쪽으로 쏠릴 정도로 온몸으로 윌의 팔을 꼭 끌어안고 걸었다. 윌 또한 아비게일의 작은 몸에 기대어 함께 모래사장을 걸었다.
"하늘 예쁘다!"
핑크빛으로 물든 하늘 사진을 찍는 아비게일을 보니 역시 뭐든 마음먹기에 달렸다는 생각이 들었다. 얼마 전까지만 해도 마냥 탁하게만 보였던 하늘이 아비게일 덕분에 비도 오지 않았는데 흐린 먼지보다 그 뒤에 붉은 노을이 먼저 보였기 때문이다.

"우와! 저건 고래 아니야?"
아쿠아리움으로 데이트를 온 다음 날, 별 귀걸이를 한 아비게일이 고래상어를 보고 어린아이처럼 신기해했다. 순수한 아비게일의 모습을 보는 윌의 눈에서 꿀이 뚝뚝 떨어졌다.

"왜?"

"그냥 예뻐서. 저쪽 거북이도 봐 봐."

월이 아비게일의 손을 잡고 바다 거북이가 있는 쪽을 가리켰다.

"우와! 거북이 등딱지가 내 몸만 해!"

아비게일이 뒤로 돌아 거북이 크기만큼 팔을 벌렸다. 그런 아비게일의 모습을 보던 월이 아비게일의 옆으로 다가와 귀에 속삭였다.

"사랑해."

간드러지는 말을 들은 아비게일이 손발을 오므리며 대답했다.

"나도 사랑해."

"근데 너 나 안 좋아했잖아. 왜 고백 다시 받아 줬어?"

"시간 지나니까 알겠더라고. 네가 나한테 잘해 줬던 것도, 내 인생에 너만큼 잘해 주는 사람이 없었던 것도. 그래서 자꾸 생각나다 보니까 그렇게 됐어."

기억에라도 남으려면 잘해 주라는 피비의 조언이 정말 효과가 있었을 줄이야.

"너는 옛날이랑 많이 변한 거 알아?"

"어떻게?"

"비슷한데 달라. 옛날에는 그냥 착했는데, 지금은 네 마음대로 착한 느낌이야."

아비게일의 말을 들은 월이 긍정의 고개를 끄덕였다.

확실히 잃을 게 없다 생각하니 옛날에 비하면 애타는 마음이 덜한 것 같기도 했다.

"그래도 좋아."
아비게일이 윌의 팔을 끌어안았다.
"고마워. 그리고 변하지 마. 부탁이야."
"당연하지."
"변하면 죽여 버릴 거야."
"내가 변하면 알아서 죽을게. 걱정 마."
"그럼 안 되지!"
아비게일이 윌의 명치를 주먹으로 가격했다.
"죽는 건 내가 먼저 죽을 거야! 너 먼저 가면 나 쓸쓸하고 외롭게 혼자 죽으라고?"
"그럼 평생 같이 살아야겠네."
윌이 아비게일의 볼에 가볍게 입을 맞췄다.

아비게일이 다시 골드 코스트로 떠난 뒤, 윌은 이 기쁜 소식을 루크, 피비 커플에게 알렸다. 윌의 소식을 들은 커플은 핸드폰 스피커가 터질 듯 소리를 지르며 진심으로 축하를 해 주었다.

아비게일과 만나고 6개월이 지난 뒤, 윌은 아비게일과 함께 살기 위해 골드 코스트로 다시 떠나 새로운 일자리와 집을 구했다. 그리고 함께 산 지 2년이 흐르고, 둘은 정말로 평생을 함께하기 위해 결혼식을 올렸다.

"나 사진 이상하게 나오면 어떡하지? 어제 한숨도 못 잤는데 피부 다 뒤집어진 거 아니야?"

새하얀 웨딩드레스를 입은 아비게일이 의자에 앉아 패닉 상태에 빠져 있었다.

"계집애야, 예쁘니까 걱정 마. 너는 중간에 울지만 마. 화장 다 지워지니까."

아비게일의 옆에서 머리를 정리해 주던 피비가 충고했다.

"나 결혼하는 날 갑자기 울음 터져서 펑펑 울었다가 분위기 싸해졌잖아. 절대 울지 마."

"너희 진짜 사귀기 전까지 말도 잘 안 했던 것 같은데, 어떻게 결혼까지 했네."

"아, 몰라. 결혼까지 할 줄 몰랐지, 그때는."

"이제 5분 뒤에 입장할 시간이에요. 준비해 주세요."

직원이 문을 똑똑 두드리고 남은 시간을 알려 주었다.

"나 어떡해?"

"뭘 어떡해, 이제 결혼하는 거지. 가자!"

두근거리는 마음으로 문을 열고 나오자 예복을 갖춰 입은 월이 기다리고 있었다. 새하얀 웨딩드레스에 박힌 반짝이는 보석들이 가슴에서 발목으로 내려갈수록 밤하늘의 은하수같이 옅어져 은은하게, 하지만 부족하지 않게 빛나고 있었다.

"나 어때?"

아비게일의 반짝이는 큰 눈을 마주친 월은 참지 못하고 입술에 입을 맞추었다.

"완벽해. 가자. 다들 기다린다."

윌이 팔짱을 끼고 아비게일과 함께 주례 선생님이 서 계신 곳으로 걸어갔다.

주례사가 끝나고 주례 선생님은 신부에게 하고 싶은 말이 있는지 신랑에게 질문을 던졌다.

"네."

윌이 아비게일의 두 손을 잡고 대답했다.

"아비게일을 다시 만나기 전까지 대기 오염이 심각해서 세상이 색깔을 잃은 줄 알았어요. 그런데, 세상이 아니라 제가 땅만 보고 걸었던 거였습니다. 아비게일과 함께 있어서 햇빛에 빛나는 푸른 나뭇잎도 보고 붉게 물든 노을도 볼 수 있었어요. 제 아내에게 고맙다는 말을 이 자리를 빌려서 말하고 싶어요. 사랑해."

윌의 말을 들은 아비게일의 눈물이 터져 흘러나왔다. 여러 감정들이 가슴에서 소용돌이치다 결국 윌의 말을 듣고 터진 듯했다.

부부가 되고 1년이 지날 무렵, 아비게일의 생리가 2달을 기다려도 시작하지 않게 되었다. 임신 테스트기에서 두 줄이 뜬 걸 확인한 윌과 아비게일은 유아용품들과 아이 옷으로 방을 꾸미기 시작했다.

"예정일이… 크리스마스이거나 그 후일 것 같은데요?"

초음파 검사 결과를 설명하며 산부인과 의사가 예정일을 알려 주었다.

"공주님이 건강하게 자라 주기도 했고, 머리 둘레도 적당하고, 다 좋아요. 이제 정말 낳기만 하면 되겠어요."

"하… 감사합니다."

내심 속으로 내 애가 어디라도 잘못되어 나올까 봐 노심초사하며 임신 중 철저히 관리해 왔던 아비게일이 안도의 한숨을 내쉬었다.

"아이 이름은 정하셨어요?"

"아니요…. 이게 많이 어렵네요. 하하."

"행복한 고민이죠, 뭐. 그럼 다음 진료 때 봬요."

"크리스마스에 나온다고 하니까, 산타클로스 할아버지 이름을 따서 니콜 어때?"

일에서 돌아온 윌과 함께 저녁을 먹는 아비게일이 제안했다.

"오, 니콜? 좋다. 의미도 좋고. 입에 착착 붙는 게 난 좋은데?"

"너는 생각해 놓은 이름 없어?"

"크리스마스에 태어나니까 크리스티나 어때?"

"구려."

아비게일이 단칼에 거절했다.

"그치? 나도 머릿속으로 구리다고 생각했어. 니콜 좋아. 니콜로 하자."

"그렇지."

아비게일이 만족스러운 얼굴로 고개를 끄덕였다.

하지만 예상과는 다르게 12월 25일이 아닌 24일 새벽에 아비게일이 통증을 느끼기 시작했다.

"으아아아!"

분만실로 실려 가는 아비게일의 옆에 월이 어쩔 줄 모르는 얼굴로 따라 달려갔다.

"들어오지 마!"

땀에 젖은 아비게일이 월에게 소리 질렀다.

"싫어, 들어오지 마⋯."

아비게일이 죽어 가는 목소리로 울부짖었다. 일주일 전, 아비게일은 월에게 부탁을 했다. 자신이 아이를 낳을 때 밖에서 기다려 달라고. 그 이유는 월에게 자신의 추한 모습을 보이기 싫다는 이유에서였다. 아비게일의 말을 들은 월은 절대 그 모습이 추할 리 없다며 손사래 쳤지만 사랑하는 아내의 부탁이니 결국 들어줄 수밖에 없었다.

몇 시간이 흘렀을까, 초조함에 발만 동동 구르다가 이리저리 걸어도 다녀 보고 시간 때울 수 있는 건 다 시도해 보았지만 분만실에서 아내가 힘들어 할 걸 생각하니 아무것도 손에 잡히지 않았다. 핸드폰만 만지작거리는 월의 눈에 인공위성 기사가 눈에 들어왔다. 오늘 인공위성 발사에 성공해 밤에도 빛나는 별처럼 보일 거라는 내용의 기사였다.

"윌리엄 앤더슨 씨?"

아비게일의 분만실에서 간호사가 나와 윌의 이름을 불렀다.

"네! 아기는 나왔나요?"

"예쁜 공주님이에요. 이제 들어오셔도 괜찮습니다."

분만실에 들어가니 땀에 절어 얼굴이 반쪽이 된 아비게일이 니콜을 안고 있었다.

"고생했어, 아비게일."

윌이 아비게일의 머리를 쓰다듬어 주었다.

"니콜? 아빠 해 봐. 아. 빠."

아비게일의 품에 안겨서 새근새근 자고 있는 니콜에게 윌이 말을 걸었다.

"눈도 못 뜨는 애한테 무슨 아빠야."

아비게일이 피식하고 웃었다.

"아, 웃기지마. 나 배 아파."

아비게일이 고통스러운 표정으로 배를 잡았다.

"그리고 얘 니콜 아니야."

고통이 진정된 아비게일이 품에 안은 아기의 머리를 쓰다듬으며 말했다.

"응? 니콜이 아니면 애는 뭐야? 루돌프야?"

"웃기지 말라고 했지! 니콜은 크리스마스 산타잖아. 오늘은 크리스마스이브고."

"그래서?"

"이브로 할 거야."

"이브?"

"응. 이브. 크리스마스이브의 선물이잖아."

아비게일의 말을 들으니 일리가 있는 것도 같았다.

"이브도 예쁜 이름이네. 반가워 이브. 아빠 이름은 윌이야. 윌리엄 앤더슨."

이브의 작은 손에 손가락을 낀 윌의 인사에 이브가 손을 꼭 쥐고 하품을 늘어지게 쉬었다.

"이브도 피곤한가 보다."

아비게일이 축 늘어진 목소리로 말했다.

"그러게. 너도 이제 쉬어. 정말 수고했어."

아비게일의 어깨를 토닥여 주었다.

"크리스마스이브…."

11.

잠에서 일어난 월은 한동안 아무 말도 하지 않았다. 꿈을 꾸고 잠에서 일어나니 조금씩 눈에 보이는 게 있었다. 월의 핸드폰 사진첩 속에도, 집 안 액자 사진 어디에도 니콜의 어렸을 적 사진이나 흔한 가족 여행 사진 하나도 찾아볼 수 없었다.

"월 님, 뭐라도 드셔야 합니다."

아무 말도 하지 않고 소파에 앉아만 있는 월의 어깨를 이브가 손으로 감쌌다.

"이브."

오랜만에 입을 뗀 월의 목소리에서 쇳소리가 났다.

"네."

"나에게 지금 딸이 총 몇 명이야?"

"한 명, 니콜 님이 계십니다."

"그럼, 니콜 말고 다른 딸이 더 있었어?"

"니콜 님보다 2년 먼저 태어나신 이브 님이 계셨습니다."

꿈의 내용을 보고 눈앞에 이브의 이름을 가진 안드로이드가 있다는 건 한 가지로밖에 해석되지 않았다.
"그럼 지금 진짜 이브는 어디에 있어?"
월의 목소리가 떨리는 게 느껴졌다.
"…."
이브가 침묵으로 대답했다.
"사진 있어? 우리 가족이 전부 다 함께 찍은 사진. 이브도 함께."
솔직히 뭐라도 직접 눈으로 보아야 믿어질 만한 일들이었다.
월의 물음에 이브가 창고에서 빛바랜 사진 한 장을 들고 나왔다. 새로 지어진 듯한 지금의 집 앞에서 월, 빨갛게 눈이 부은 아비게일, 그리고 어린 모습의 이브와 니콜 네 명이 함께 찍은 행복해 보이는 가족사진이었다.

"창고에 아비게일 님의 일기 사이에 이런 종이도 끼워져 있었습니다."
이브가 건넨 종이에는 삐뚤삐뚤한 글씨체로 "미래의 나에게"라는 제목이 쓰여 있었다. 내용은 어린 이브가 미래에 기억을 읽고 다시 돌아올 자신을 위해 백문백답으로 기록해 놓은 자신의 성격, 좋아하는 것, 싫어하는 것 모든 것이 담긴 편지였다.

편지를 읽은 월이 알 수 없는 표정으로 고개를 끄덕거렸다.
"하지만 저는 이브가 아닙니다."
이브가 먼저 딱 잘라 말했다.
"그렇지. 손녀딸이지~."

"저는 윌 님의 손녀딸도 될 수 없습니다."

"그럼 이브니까 큰딸 해~."

윌이 능청스럽게 넘겼다. 아직도 다양한 감정들이 마음속에서 소용돌이 쳤지만 이미 지난 일이고 바꿀 수 없는 과거라는 사실에 실감이 나지 않았다. 윌이 허탈한 웃음으로 허허 웃었다. 처음에는 딸이 니콜 하나가 아니었다는 사실에 혼란스러웠지만, 몇 시간이 지나니 오히려 꿈에서 보았던 내용이 더 실감이 났다.

안드로이드에게 자신의 언니의 이름을 준 니콜의 의도는 알 수 없었지만 오늘 밤 꿈을 꾸면 뭐가 되었든 알 수 있게 될 거라는 생각이 들었다.

"그래도 아비게일이랑 결혼해서 애까지 낳았네."

아비게일과 함께 모래사장을 걸었던 게 떠올라 흐뭇한 미소가 지어졌다.

"행복하더라~. 그 작은 손으로 내 손가락 잡았을 때."

따뜻하고 작은 손이 윌의 손가락을 감쌀 때, 윌은 눈앞의 아기와 아내를 위해 뭐든 할 수 있다고 느껴졌다.

꿈 컨트롤러 덕분인지 아비게일과 함께 데이트했던 게 어젯밤 일처럼 설레게 느껴졌다. 마트에 장을 보러 가면 항상 들렸던 아기용품을 보며 귀엽다며 난리 호들갑 떨던 얼굴, 맛있는 음식을 가득 입에 머금어 빵빵하던 볼, 아름다운 풍경을 담던 반짝이던 눈. 그리고 그런 모든 일들이 이제는 일어날 수 없다는 사실에 조금은 쓸쓸하게도 느껴졌다.

"꿈 컨트롤러로 보시는 기억은 여기까지만 보는 걸로 하는 게 좋을 것 같습니다."

시시각각으로 변하는 월의 감정을 옆에서 본 이브가 꿈을 그만 꾸는 것을 권유했다.

"안 되지. 여기까지 왔는데 끝은 봐야지."

월이 단칼에 거절했다.

"월 님의 정신 건강을 위해서 더 이상 보지 않는 걸 추천드립니다."

"그렇게 힘든 일이었으면 그때 죽었겠지. 걱정 마."

"그럼 뭐라도 드셔야 합니다."

"회오리 감자가 당기네."

드디어 먹고 싶은 것이 생긴 월의 마음이 바뀌기 전에 아비게일이 순식간에 꿈에서 보았던 회오리 감자를 만들어 왔다. 회오리 감자를 한 입 베어 문 월이 고개를 저었다.

"그 맛이 안 나네. 이것도 맛있긴 한데, 그 맛이 아니야."

헛구역질하던 월에게 한 입이라도 먹어 보라며 강제로 입에 넣어 주었던 꿈속의 감자와 비교하면 어딘가 부족한 맛이었다.

다시 추억에 젖어 아련한 눈빛으로 돌아온 월의 상태가 걱정된 이브가 니콜에게 전화해 의견을 물어보았다. 하지만 돌아온 대답은 아버지는 괜찮으니 기억을 계속 보여 주라는 말이었다.

오히려 월은 아직 뒤 내용이 기억나지 않아서인지, 이브라는 딸이 있었다는 것보다 아비게일과 다시 만나 결혼까지 성공했다는 행복한 기억이 더 실감 나는 듯 보였다.
 다행인 것은 월이 현실과 꿈을 확실히 구분하는 것 같기에, 이브는 눈을 감고 누운 월의 이마에 손을 올렸다.

12.

"다녀오겠습니다!"
"입에 칙칙이 뿌렸어?"
차에서 내리려는 이브에게 월이 흡입기를 뿌렸는지 물었다.
"네!"
"니콜은?"
"나도 뿌렸어."
"학교 끝나면 뭐라고?"
"꼭 칙칙이 뿌려라."

이브가 낮게 깐 목소리로 월을 따라했다. 날이 갈수록 심각해지는 대기 오염에 에어 필터 흡입기는 각종 기관지 질병 예방을 위해 필수가 되었다. 그리고 월과 같이 후천적 천식을 얻게 된 사람들이 우후죽순으로 생겨나 아이들의 기관지 건강은 가장 큰 고민거리였다.

"그렇지. 끝나면 엄마가 데리러 올 거야~."
"네!"
"응!"

아이들을 학교에 내려 준 윌이 아비게일에게 전화를 걸었다.

"뭐 해?"

"나 일러스트 그리는 중. 애들은 내려 줬어?"

잡지 회사가 망하고 온라인 일러스트레이터로 일하게 된 아비게일은 동화책 표지부터 가구 디자인까지 다양한 그림을 맡아 그려 주는 일을 하게 되었다. 온라인으로 하는 재택근무 형태의 일이기에 아이들과도 시간을 많이 보낼 수 있어 아비게일은 오히려 더 만족하는 듯 보였다.

"오늘 몇 시에 끝나는 거야?"

"오늘도 늦게 끝날 것 같은데."

"요즘 너 혼자만 일해? 몇 달째 야근이야."

아비게일이 툴툴거리는 말투로 말했다.

"요즘 인력이 별로 없잖아~. 다음 주까지만 일하면 이제 야근할 일도 없고, 새로운 집 사려면 열심히 일 해야지."

"아니 그래도… 그래. 열심히 벌어야지. 자기도 칙칙이나 제때 잘 뿌려."

"응. 너도 너무 열심히 일하지 말고 쉬엄쉬엄해. 사랑해."

"아이고, 내 걱정은. 나도 사랑해."

"아빠!"

저녁 늦게 집으로 돌아온 윌을 이브와 니콜이 달려와 반겨 주었다.

"오구오구~ 우리 딸들 잘 있었어? 저녁 뭐 먹었어? 맛있게 먹었어?"

"응! 오늘 저녁 파스타 먹었는데 두 그릇 먹었어!"

니콜이 자랑스럽다는 듯 손가락으로 브이를 했다.

"아빠 내일은 쉬어요?"

윌에게 껌딱지처럼 달라붙은 이브가 물었다.

"응! 내일 아빠 집에 있어. 어디 가고 싶은 데 있어?"

윌이 쪼그려 앉아 이브와 볼을 비비며 물었다.

"아아악! 따가워요! 엄마!"

수염이 옅게 난 윌의 얼굴을 이브가 두 손으로 밀어내며 소리 질렀다.

"음, 말랑하고 부드러워."

고통스러워하는 이브를 아비게일이 떼어 냈다.

"아, 하지 마! 더러워! 애 얼굴 상처 난다니까!"

"그렇지만 부드러운데…."

윌과 눈을 마주친 니콜도 "아악!" 소리 지르며 거실 소파로 도망갔다.

"빨리 씻어."

"응. 뽀뽀!"

아비게일의 뽀뽀를 받은 윌이 씻고 나와 소파에 앉아 있는 딸들의 작은 머리에 한 손씩 올려 두고 쓰다듬었다.

"내일 하고 싶은 거 생각해 놨어?"

"바닷가 가고 싶어!"

이브와 니콜이 동시에 외쳤다.

"안 돼, 내일 비 온대. 다른 거 하고 싶은 거 있어?"

옆에 앉아 있던 아비게일이 물었다.

"으응~ 나 바다 가고 싶어~. 바다 가자~ 응?"

니콜이 어리광을 피우기 시작했다.

"그럼 영화 보러 가고 싶어요! 너 저번에 골드 카드 받아야 해서 이상한 세계 대탐험 보고 싶다며. 그 영화에도 바다 나와."

이브가 대안을 제시했다. 첫째라 그런 건지 원래 타고난 성격이 그런 건지, 일찍이 철든 이브가 없는 세상은 상상도 할 수 없었다.

"맞다! 골드 카드! 영화 볼래!"

하지만 이브와 다르게 단순한 성격의 니콜도 월의 세상에 꼭 필요한 존재이기도 했다.

"그래도 내일 비 오면 먼지 좀 걷히겠다."

아비게일이 달빛을 가린 먹구름을 보며 말했다.

"그러게. 오랜만에 별도 보이겠다."

"일단 늦었으니까 자고, 내일 영화 보러 가자! 자, 이브랑 니콜은 잘 시간!"

이브와 니콜을 방에서 재우고 거실로 돌아온 소파에 아비게일도 쓰러져 자고 있었다.

"선생님. 여기서 주무시면 입 돌아가세요."

아비게일의 엉덩이를 툭툭 쳐도 일어나지 않자 월은 아비게일의 입술을 손으로 비틀었다.

"으잉? 이미 돌아갔네?"

"하지 마."

아비게일이 소파에 얼굴을 파묻고 몸을 비틀었다.

"해지 뭬~."

"우리 다음 주에 인스펙션 가는 집 있잖아. 아! 좀! 따가워!"

아비게일이 뽀뽀하는 월의 입술을 손으로 막았다.

"응."

"새로 지어진 집이라고 했지?"

"응. 정부에서 오래된 집이라 허물고 다시 새로 지어 주라고 하청 받았지."

"새로 지은 것 치고는 가격이 꽤 싼 것 같길래."

"요즘 대기 오염 때문에 인구수가 옛날에 비해 많이 줄었잖아. 빈 집은 생기고 사람은 없으니까 싸게 매물 내놓는 거지. 그리고 우리는 그냥 인스펙션 가는 거니까 마음에 안 들면 계약 안 하면 되지."

"애들이 좋아할까?"

"애들? 당연히 좋아하지~. 서로 자기 방 생기면 꾸민다고 난리일 걸?"

"가면 또 새로 적응해야겠지?"

더 좋은, 새로운 집으로 이사 가야 할 시기가 되었기에 새로운 환경에 적응하는 걸 힘들어하는 아비게일의 걱정이 산더미가 되어 갔다.

"걱정 마. 가서 보면 완전 너를 위한 집이라는 걸 바로 느낄 거야."

월이 호언장담을 했다.

"영화 재미있었어?"

손에 금색으로 반짝이는 캐릭터 카드를 꽉 쥔 니콜에게 윌이 물었다. 하지만 카드에 정신이 팔린 니콜은 아무 대답도 하지 않았다.

"점심 뭐 먹을까? 먹고 싶은 거 있어?"

이번에는 아비게일에게 물었다.

"난 아무거나 상관없어. 네가 정해. 이브는 먹고 싶은 거 없어?"

"파스타요!"

"그건 어제도 먹었잖아."

"그래도 맛있는데…."

이브가 시무룩한 표정을 지었다.

"그럼 햄버거 어때?"

윌이 아비게일에게 다시 물었다.

"음… 안 당겨."

"그럼, 고기 구워 먹을까?"

"안 돼. 애들 옷에 냄새 배. 피자 먹을까?"

"나도 피자!"

갑자기 니콜이 하이 톤으로 소리쳤다.

"파스타…."

입이 삐죽 튀어나온 이브를 윌이 달래 주었다.

"아빠가 가서 파스타도 시켜 줄게."

"네!"

다시 기분이 좋아진 이브가 방방 뛰며 걷기 시작했다.

"밖에 비가 많이 오네."

피자 식당에 도착해 의자에 앉은 아비게일이 창밖을 보며 말했다.

"우리 인스펙션 하는 날도 맑았으면 좋겠다."

"이정도면 한 일주일은 맑겠다."

"저희도 인스펙션 가요?"

둘의 이야기를 듣던 이브가 물었다.

"응! 이브랑 니콜도 같이 가서 구경해야지."

윌은 이브의 말랑말랑하고 작은 볼을 손가락으로 꾹꾹 누르며 대답했다. 이런저런 잡담을 하니 얼마 지나지 않아 주문한 피자와 파스타가 테이블에 도착했다. 아비게일과 니콜은 피자부터 손으로 집었지만 이브와 윌은 파스타부터 접시에 덜었다.

"파스타, 네가 먹고 싶어서 시킨 거 아니야?"

"뭐, 겸사겸사지~."

"보면 이브랑 너랑 식성 진짜 똑같다? 좋아하는 것도 그렇고 싫어하는 것도 완전 너랑 판박이야."

이런 말을 들을 때마다 정말 내 딸이구나 하고 실감이 났다. 이브와 니콜은 둘 다 호박색 눈동자를 아비게일에게 물려받아 작은 아비게일 두 명이 걸어 다니는 느낌이었다.

"그래도 다행이야."

윌이 말했다.

"왜?"

"둘 다 너 닮아서 예쁘잖아."

"또 그런다, 또. 빨리 파스타 먹어. 피자도 먹고."

하루 종일 올 것 같았던 비는 저녁때쯤 되어서 멈췄다. 비가 그치고 맑게 갠 하늘은 노을이 져 보라색으로 물들어 있었다.
"별 보고 싶어!"
"저도 별 보고 싶어요!"
집에 돌아온 이브와 니콜이 별을 보고 싶다며 어리광을 피웠다.
윌과 아비게일이 젊었을 적만 해도 밤이 어두워지면 전부는 아니어도 조금은 보였지만, 이젠 정말 밝은 게 아니라면 별을 볼 수 없는 하늘이 되어 버렸다.
"오랜만에 별이나 보러 나갈까?"
"잠깐만, 몸에 벌레 스프레이 뿌리고 나가."
팔과 다리에 스프레이를 칙칙 뿌리고 문지른 뒤 근처 공원으로 가 벤치에 앉아 하늘을 올려다보았다. 아무리 맑은 하늘이라도 도시의 불빛 때문에 별자리 정도만 읽을 수 있는 수준으로 보였다.
"우와!"
그래도 이브와 니콜의 눈이 반짝이는 데에는 무리 없는 양이었다.
"나중에 별자리 투어 같은 거 한번 데려가야겠다."
하늘의 별을 목이 빠지게 쳐다보는 아이들을 보고 윌이 말했다.
"그러게. 나중에 한번 데려가자."
"아빠, 별자리가 뭐예요?"
윌과 아비게일의 대화를 들은 이브가 물었다.

"응~ 밤하늘에 빛나는 별님들 외롭지 말라고 사람들이 선으로 이어 준 모양이야."

"좋겠다! 그럼 별님들은 죽을 때까지 같이 있는 거야?"

니콜이 부러운 눈빛으로 밤하늘을 올려다보았다.

"뭐 그런 셈이지…?"

윌이 얼버무리며 대답했다.

"그럼 한 명이 죽으면 어떡해요?"

"별님들은 죽지 않아. 영원히 저 자리에 남아서 우리 밤을 밝게 비춰 줘야 하거든."

아비게일이 이브를 무릎에 앉히고 대답했다.

"그럼 우리 가족은요? 우리도 별자리 있어요?"

"우리 가족?"

"네! 우리 가족도 별자리 만들면 영원히 함께 살 수 있잖아요."

이브의 말에 윌이 고개를 끄덕였다.

"오~ 그러네. 그럼 이브랑 니콜이 우리 가족 별자리 한번 만들어 볼래?"

시간이 흐르고 니콜이 졸고 있는 윌의 팔을 당겼다.

"만들었어요!"

처음에는 조금 투닥거리는가 싶더니 서로 합의를 본 듯했다.

"십자가에서 오른쪽으로 제 손으로 여섯 번 가면… 저기 나란히 빛나는 별 4개! 저게 우리 가족 별자리예요."

이브가 남십자성에서 작은 손으로 하나… 둘… 셋… 숫자를 세었다.

월도 함께 밤하늘을 손으로 따라가 보니 딱 세 뼘이 나왔다. 그곳에는 밝게 빛나는 별 4개가 나란히 빛나고 있었다.

"그리고 주변에 별들은 우리가 사는 집 울타리야!"

니콜도 거들었다.

"오, 그럼 이제부터 저 별들은 우리 가족 별자리네?"

아비게일이 기특하다는 듯 감탄했다.

"네! 그리고 혹시라도 죽어서 헤어지면 저기서 만나면 돼요. 저건 우리 가족 지도예요."

"죽다니 그런 말 하면 안 돼~. 우리 가족은 별님들처럼 평생 같이 행복하게 살 거야."

놀란 윌이 말했다.

"그래, 그런 말 하는 거 아니야."

아비게일도 옆에서 거들었다.

"아빠! 나 우리 가족 별자리 사진으로 찍고 싶어!"

아무래도 핸드폰 카메라로 별을 찍기에는 좀 무리가 있어 윌이 대충 변명을 만들어 냈다.

"별님들이 수줍음이 많아서 핸드폰에는 잘 찍혀 주지 않아. 대신 맑은 날은 항상 별자리 보러 나오자."

"오, 그래!"

"콜록콜록."

날이 좀 추웠는지 이브가 잔기침을 하기 시작했다.

"애들한테는 좀 추운가 보다. 이제 슬슬 들어가자."

아비게일이 기침하는 이브를 안아 들어 올렸다.

"그래. 내일 또 와서 볼 수 있으니까 이제 집에 들어가자."

윌도 니콜을 번쩍 들어 올려 집으로 돌아갔다.

집에 도착해 소파에 내려놓은 이브와 니콜은 이미 잠에 빠져 코까지 골고 있었다.

"애들아, 씻어야지."

윌이 엉덩이를 톡톡 치자 이브가 눈을 비비며 일어났다.

하지만 니콜은 귀찮다는 듯 더 소파 안으로 파고 들어갔다.

"일어나…. 우리 치카치카하고 칙칙이하고 자야 돼."

잘 떠지지도 않는 눈을 비비며 이브가 니콜을 깨워 화장실로 데리고 갔다.

"쟤는 애 맞아?"

동생을 챙기는 이브의 모습을 본 아비게일이 윌에게 물었다.

"아무리 봐도 이브는 인생 2회차야. 어린애가 저럴 수는 없어."

"저건 나 닮은 거야."

윌이 먼저 선수 쳤다.

"뭐래, 저건 누가 봐도 나 닮은 거지."

아비게일이 말도 안 된다는 듯 윌의 어깨를 툭 밀쳤다.

"쟤들 볼 봐 봐. 완전 너랑 똑같아."

윌이 거울에 반사된 두 딸의 얼굴을 손가락으로 가리켰다. 아비게일과 똑 닮은 작고 하얀 두 볼을 보며 뭐든 해 줄 수 있을 것 같이 느껴졌다.

"나중에 애들 크면 같이 하고 싶은 거 정리해 둬야겠어."

윌이 말했다.

"어떤 거?"

"그냥 간단한 거~. 오늘같이 밤 산책도 좋고, 같이 쇼핑도 가 보고, 게임도 해 보고, 여행 가고 그런 거 있잖아. 평범한데 추억으로 남을 만한 거."

"애들이 크면 아빠랑 놀아 줄까?"

"당연히 내가 졸라야지. 놀아 달라고."

윌이 팔짱을 끼며 말했다.

"다녀오겠습니다!"

"응~. 오늘은 아빠가 데리러 올 거야!"

차에서 내려 뛰어가려는 이브와 니콜을 보며 윌이 외쳤다.

"네!"

"응!"

아이들을 학교에 내려 준 윌이 아비게일에게 전화를 걸었다.

"뭐 하고 있었어?"

"나야 뭐. 항상 그림 그리지."

"오늘 일 끝나면 내가 학교에서 애들 데리고 집으로 갈게. 기다리고 있어."

"그래? 따로 인스펙션 하는 집에서 만나는 게 더 편하지 않겠어? 너 너무 뺑 돌아서 운전해야 하잖아."

"인스펙션 갈 때 차 한 대로 가는 게 아무래도 더 편하니까~."

"그건 그렇지. 그럼 몇 시까지 준비할까?"

"한 5시? 그리고 우리 폴라로이드 카메라 아직 있지?"

"응. 왜?"

"이브랑 니콜은 이번이 처음 집 구경 가는 거니까, 사진으로 남겨 두려고. 그리고 너 그림 그리던 태블릿도 챙겨 와."

"태블릿도? 음… 그래, 뭐. 그럼 충전해 놓을게."

월과 전화를 끊은 아비게일은 인스펙션 가는 데 태블릿까지 챙길 이유가 있나 중얼거렸다.

일이 끝나고 아이들과 아비게일을 태운 월의 차 안은 시끌벅적했다. 이브와 니콜은 새로운 집 구경을 한다는 사실 하나만으로 노래를 부르며 흥분해 있었다. 어른인 아비게일에게도 새로운 집을 구경한다는 사실은 마음 들뜨는 일이었지만 이상하리만치 월은 긴장해 보였다.

"왜 이렇게 바짝 긴장했어?"

"내가? 긴장해 보여?"

"응. 너 긴장할 때 맨날 손에 힘 꽉 쥐잖아. 너 지금 자동차 핸들 부수겠어, 그러다가."

아비게일이 핸들을 꽉 쥔 월의 손을 가리키고 물었다.

"아니야~. 곧 도착하겠다. 폴라로이드 챙겼어? 오늘 날씨도 맑아서 사진 완전 잘 나오겠다."

"폴라로이드 챙겼지."

아비게일이 핸드백에서 사진기를 꺼내 흔들었다.

"자~ 도착했다."

윌이 새로 지어진 집 앞에 차를 세웠다.

"회사에 부탁해서 우리가 첫 번째 손님이야."

"그래도 돼?"

"내가 디자인했는데 그 정도는 해 줘야지."

"네가 디자인했다고?"

"응."

"아빠, 내릴래! 문 열어 줘!"

"어~ 그래그래~."

윌이 뒷좌석 잠금을 풀어 주고 아비게일과 차에서 내렸다. 차에서 내려 집을 본 아비게일이 말을 어버버 더듬었다. 아비게일이 대학교에 다닐 적 항상 장난삼아 태블릿에 그렸던 집 그림과 똑같은 집이 눈앞에 있었기 때문이었다. 붉은 벽돌, 작은 앞마당, 문 앞으로 바닥에 깔려 있는 회색 돌들, 집 문 위에 달려 있는 작은 랜턴까지. 전부 아비게일의 태블릿 속 그림과 똑같이 생긴 집이었다.

"이게 뭐야?"

윌이 아비게일의 핸드백에서 태블릿을 꺼내 그림과 집을 비교했다. 역시 그림 속 집과 똑같았다.

"우리가 살 새 집. 이제 야근할 일 없어. …울어?"

옆에서 눈물을 닦는 아비게일을 본 윌이 물었다.

"아니…."

코 맹맹한 소리로 말문이 막혀 제대로 말을 못하는 아비게일을 윌이 안아 주었다.

"내부는 아일랜드 식탁 빼고 아무것도 안 했어. 새로 이사 가면 네가 꾸미고 싶어 했잖아."

"잘했어. 아무것도 손대지 마. 내가 꾸밀 거야."

"아빠, 들어갈래!"

마당 구경이 다 끝난 니콜이 달려와 졸랐다.

"잠깐만, 사진 찍고 들어가자."

"우리 삼각대 안 챙겼는데?"

아비게일이 아차 하며 말했다.

"그럼 뭐 없는 대로 차 위에 올려놓고 찍으면 되지~."

윌이 차 엔진 뚜껑 위에 폴라로이드를 대충 각도 맞춰 올려 두고 타이머를 세팅했다.

"다들 스마일~."

맑은 하늘 덕분인지 더 밝고 행복하게 나온 것같이 느껴졌다.

"자, 집 안 구경하자~."

윌이 주머니에서 열쇠를 꺼내 집 문을 열자 이브와 니콜이 뛰어 들어가 모든 방문을 열고 닫으며 뛰어다녔다.

새로운 집은 방 3개에 화장실 2개가 있는, 4인 가구가 살기에 적당한 크기였다.

"와, 식탁 색깔 완전 마음에 들어."

아비게일이 부엌에 있는 아이보리색 아일랜드 식탁을 손으로 슥 쓸었다.

"그치."

"완전 마음에 들어."

"이 집 계약할까?"

윌이 물었다.

"무조건. 이 집에서 평생 살 거야."

"엄마! 우리 이사 오면 강아지도 키우자!"

뛰어다니던 니콜이 아비게일에게 와 말했다.

"그럴까?"

"진짜 키우게?"

"애들 좀 크면?"

애매한 대답의 의미는 즉, 아직 키울 생각이 없다는 뜻이었다.

"그럼 우리 언제부터 이사 들어올 수 있는 거야?"

"아마도 이래저래 하면 두 달 뒤쯤?"

"그럼 우리…."

아비게일이 윌의 귀에 손을 대고 속삭였다.

"오랜만에 애들 엄마 집에 맡겨 두고 가구점도 갈 겸 데이트나 가자."

두 달 뒤, 이사 들어온 집은 월과 아비게일이 쇼핑한 가구들로 내부가 꾸며져 있었다. 그리고 월과 아비게일의 옆방 문고리에는 '니콜'이라는 문고리가 걸려 있었고, 미래 창고로 쓰이는 방에는 '이브'의 이름 문고리가 걸려 있었다. 서로 각자의 방이 생겼다는 사실이 행복했는지 이브와 니콜이 서로 자신의 방을 어떻게 꾸밀지 이야기하며 입에서 웃음소리가 끊이지 않았다.

"애들아, 잠깐만 나와 봐!"

아비게일이 이브와 니콜을 불렀다.

"왜?"

"왜요?"

거실로 나온 아이들에게 아비게일이 각자 사진이 담긴 액자를 건네주었다.

"너희들 선물이야. 엄마가 너희들이 스무 살이 되면 어떻게 생겼을지 생각하면서 그린 그림이야."

"와, 예뻐요."

"우와!"

아이들이 사진을 보며 흡족해했다.

"와~ 이런 건 언제 그렸어?"

"그냥 시간 남아서 한번 그려 봤어."

두 그림 모두 각자의 개성을 간직하고 있으면서도 월과 아비게일의 젊은 시절 모습을 적당히 섞은 것 같아 보였다.

"콜록콜록."

그림 선물을 받은 이브의 기침이 거세지자 아비게일은 따뜻한 물을 끓이러 부엌으로 걸어가고 윌은 호흡기를 흔들며 가져왔다.

"칙칙이 뿌리자~."

호흡기를 흔들며 도착한 윌이 입가에 피가 묻은 이브와 눈이 마주쳤다. 입가의 피를 손으로 닦으며 눈치를 보는 이브에게 윌이 달려와 상태를 살폈다. 기침을 할 때 손바닥으로 입을 가렸는지 이브의 손에도 각혈이 묻어 있었다.

"이거 뭐야? 기침하다가 나온 거야?"

당황해 목소리도 떨렸지만 최대한 침착하게 물었다.

"아니에요. 저 괜찮아요."

이브가 손을 몸 뒤로 빼면서 한 걸음 뒤로 물러섰다.

"뭐야? 왜 그래? 다쳤어?"

따뜻한 물을 끓여 온 아비게일도 이브의 손을 보고 놀라 달려왔다.

"괜찮아, 이브. 아빠 화 안 났으니까 말해도 괜찮아. 아, 아니다. 일단 병원부터 가자."

일단 이브의 손과 입가에 피부터 닦은 뒤 바로 아이들과 아비게일을 차에 태워 병원으로 출발했다.

"니콜은? 니콜도 기침하다가 피 나온 적 있어?"

"난 없어…."

심각한 분위기에 니콜도 주눅 든 목소리로 답했다.

"아빠 화 안 났어~. 별일 아니야 걱정 마. 이브, 엄마 아빠 없을 때 또 피 난 적 있어?"

눈에 눈물이 그렁그렁하던 이브가 결국 울음을 터트렸다.

"안 울어도 돼~. 아빠 정말 괜찮아! 봐! 아빠 웃고 있잖아!"

백미러로 본 이브는 숨이 넘어갈 듯 꺼이꺼이 울며 기침하고 있었다. 이러다가는 또 이브가 또 피를 토하고 기침할 것 같아 아비게일에게 이브를 달래 줄 것을 물었다. 결국 울음과 기침으로 각혈을 토한 건 이번이 처음이 아니며, 옆방에서 아이들이 기침하는 게 걱정이라는 부모님의 대화를 우연히 들은 뒤로 각혈한 사실을 숨겼다며 고백했다.

"죄송해요…."

고백을 한 뒤, 눈물을 닦으며 줄곧 거짓말해서 죄송하다는 말만 반복하는 이브의 옆에서 불안했는지 니콜도 훌쩍이기 시작했다.

병원에 도착해 두 아이 모두 폐렴 검사가 음성으로 나와 흉부 엑스레이를 찍었다.

"봐. 검사한 거 전부 다 음성 나왔잖아. 그냥 기침하다가 피 나온 거일 거야."

아이들을 달래는 월과는 다르게 아비게일은 어딘가 초조해 보였다. 울음이 진정되어 침대에 앉아 있는 이브에게 차트를 든 의사가 찾아와 보호자를 따로 불렀다.

"니콜은 괜찮은데… 이브는 CT랑 MRI를 해 봐야 할 것 같습니다."

"무슨 일 있는 거 아니죠? 괜찮은 거 맞죠?"

"확실히 하기 위해서 그런 거니까요. 저도 결과가 나와야 뭐든 말해 드릴 수 있으니까 일단 검사부터 해 보죠."

결과에 아무 이상이 없는 니콜은 아비게일과 집으로 돌아가 쉬고, 이브는 윌과 함께 소아 호흡기 병동에 입원했다.

"별일 없을 거야."

윌은 불안한 눈빛으로 자신을 바라보는 딸의 머리를 쓰다듬어 안아 주었다.

다음 날, 아침이 밝고 의사들의 회진이 시작된 듯 병동이 시끌벅적해지기 시작했다.

"이브! 이브!"

불편한 병원 침대에서도 곤히 잠든 이브의 엉덩이를 통통 두드려 깨웠다.

"으응…."

어제 있었던 일 때문에 피곤했는지 이브는 몇 번 뒤척거렸지만 결국 일어났다.

때마침 차트를 든 의사가 이브의 침대 커튼을 젖히고 들어왔다.

"이브 앤더슨 환자의 보호자분 되십니까?"

의사가 윌을 보고 물었다.

"네. 제가 이브 아빠입니다."

"잠깐 나와서 이야기할 수 있을까요?"

"아빠, 나가요?"

"응. 아빠 빨리 돌아올게."

윌이 이브의 이마에 입을 맞추고 커튼 밖으로 나왔다.

"괜찮은가요?"

의사가 곤란한 표정을 지었다.

"폐암인 것 같습니다."

"네?"

윌이 다시 물었다.

"정확한 건 기관지 내시경을 통해 다시 검사해 봐야 하겠지만, 폐암일 확률이 높습니다."

"네? 왜요? 아니, 왜요? 호흡기도 잘 쓰고 했는데… 왜죠? 오진일 수는 없는 겁니까?"

말도 안 돼 말문이 막혀 제대로 말이 나오지도 않았지만 의사의 얼굴을 보니 온몸에 힘이 빠지는 것같이 느껴졌다. 내 딸이 폐암이라니, 도저히 믿을 수 없는 말이었다.

"요즘 대기 오염 때문에 소아 폐암이 조금씩 나타나고 있어요. 최선을 다하겠습니다."

심각한 대기 오염 때문에 소아 폐암의 사례가 늘어나고 있다는 뉴스를 몇 달 전에 보았기 때문에 윌도 알고 있는 내용이었다. 어른들의 무분별한 환경 남용과 쓰레기를 방치한 잘못이 아이들에게 되돌아온 결과라고 아나운서가 말했지만 왜 하필 내 딸이었어야만 하는 가였다. 어떻게든 웃는 얼굴을 하고 침대로 돌아와 이브를 꼭 안아 주었다.

"저 괜찮대요? 이제 집에 갈 수 있어요?"

윌의 품에 안겨 고개만 빼꼼 들어 이브가 물었다.

"미안… 딸. 의사 선생님이 이브가 좀 아파서 병원에 더 머물러야 겠다고 하는데."

"학교는요?"

"아빠가 선생님한테 말해 놓을게. 오늘 아빠랑 병원 구경 다니면서 놀까?"

"…네."

윌이 자신의 품에 안긴 하얗고 말랑한 이브의 볼을 손가락으로 쓰다듬었다.

"아빠 잠시만 화장실 갔다 올게."

"네."

터져 나오는 울음을 참지 못한 윌이 화장실로 달려가 세면대에 물을 받았다. 말로는 표현할 수 없는 느낌이 발밑부터 온몸이 터질 것 같이 느껴졌다. 어느 정도 세면대에 물이 차오르자 윌이 웅덩이에 얼굴을 담고 소리 질렀다. 아무도 들을 수 없도록.

화장실에서 나와 전화로 아비게일에게 사실을 알리고 얼마 지나지 않아 엉망인 모습의 아내가 병원에 도착했다. 니콜을 부모님의 집에 맡기고 온 아비게일의 눈은 빨갛게 물들어 있었다.

다음 날, 아비게일과 윌은 이브의 담당의와 함께 이브의 향후 치료에 관해 미팅을 했다.

이브의 폐암은 현재 한쪽 폐에만 주변 암세포가 전이된 상태로, 2기에 해당하는 상황이었다. 수술로 암세포가 전이된 부분을 잘라 내기엔 아이의 나이가 너무 어렸다. 우선 항생제 투여로 종양의 수와 크기를 줄이고 향후 항암 치료를 시작할 예정이라고 했다. 폐암 2기 환자들의 생존율은 보통 50퍼센트로 보지만 이브 같은 경우, 나이가 너무 어리고 비슷한 케이스가 적다 보니 어떻게 될지 의사 본인도 장담을 못 한다고 하였다. 마지막으로, 긴 싸움이 될 것이니 부모님, 아이 모두 마음을 단단히 먹어야 한다고 당부했다. 앞에서도 말했듯, 이브 같은 어린아이들의 사례들이 아직 적기 때문에 최대한 조심하고 신중하겠다는 말을 끝으로 미팅이 끝났다.

일주일, 의사의 말대로 항생제와 진통제를 병행한 치료를 시작했다. 밤이 되면 낮에는 괜찮던 이브의 열이 오르내리고 이유 모를 통증에 아이가 신음 소리를 내며 끙끙거렸다.

이 주일, 호흡기 병동에서 소아암 병동으로 침대를 옮겼다. 생각보다 많은 아이들이 병동에 있는 것에 놀랐다. 윌의 직장에 상황을 설명하니 재택근무 형태로 바꿔 주어 병원에서도 노트북으로 일을 할 수 있게 되었다.

한 달, 아이가 통증 때문에 도저히 잠을 잘 수 없어 의사가 수면제를 처방해 주었지만 아직 어린아이라 적은 양만 줄 수밖에 없었다. 그래도 쪽잠에 든 이브의 이마에 맺힌 땀을 닦아 주며 차라리 내가 대신 아팠으면 하고 신께 기도했다.

두 달, 피 검사와 두 번째 항암 주사를 맞는 날이 왔다. 흘러나오는 울음을 참으며 주사를 맞는 이브를 보며 어떻게 아이가 어른보다 더 치료를 잘 따라오느냐며 의사가 최선을 다하겠다는 각오를 다졌다. 이브를 잘 알기에 어른보다 더 잘 참는다는 말이 오히려 윌의 가슴을 더 후벼 파는 것같이 느껴졌다.

그날 밤, 자신이 울면 부모님의 마음이 아프기에 꾹 참았다는 이브의 말을 들은 윌이 아프면 울어도 괜찮다고 다독이고 안아 주었다.

"싫어요."

병원에 와서 이브가 처음으로 싫다는 의사를 내비친 날이었다.

"봐! 아빠도 밀었어! 여기 있는 다른 아이들도 머리 밀었는데 다들 웃잖아~."

면도기로 깔끔하게 민 자신의 머리를 보여 주며 윌이 이브를 설득하려고 애썼다. 항암 치료를 시작하면서 이브의 머리가 많이 빠지기 시작해 아이가 충격을 받는 것보다 차라리 미리 밀어 버리는 게 낫다는 말을 들었다.

"으아앙… 싫어요."

이브가 끝내 울음을 터트렸다. 하지만 어쩔 수 없었다. 결국 반듯하게 밀린 자신의 머리를 보는 아이의 눈에서 실망감의 눈물이 뚝뚝 흘러나왔다.

"짜잔!"
니콜과 함께 병문안을 온 아비게일이 가방에서 갈색 생머리 가발을 꺼내 이브에게 보여 주었다. 가발을 받은 이브가 자신의 머리에 써 보더니 만족스러운 미소를 지었다.
"감사합니다!"
병원에 입원해 있던 중 빠졌던 앞니가 다시 나고 있는, 이빨 빠진 미소로 이브가 웃었다. 가발을 쓴 이브를 니콜이 꼭 안으며 같이 침대 위로 올라가 그림을 그리며 놀았다.
"얼굴이 반쪽이 됐네?"
아비게일이 윌의 턱에 손을 올리고 슬픈 눈으로 바라보았다. 오랜만에 본 아내의 얼굴도 윌 못지않게 수척해 있었다.

날이 저물어 다시 집으로 돌아갈 시간이 되자 아비게일이 니콜을 불렀다.
"언니랑 뭐 하고 놀았어?"
"색칠 놀이도 하고, 다시 집으로 가면 뭐 하고 놀지 버킷 리스트 종이에 썼어!"
"그리고?"

"그리고…."

니콜이 머뭇거렸다.

"왜? 말해 봐."

"언니가 만약 죽으면 건강한 몸으로 다시 돌아올 거니까 이거 전해 달래."

니콜이 삐뚤삐뚤하게 글씨가 적힌 종이를 보여 주었다. 종이에는 "미래의 나에게"라는 제목과 다시 돌아왔을 때 기억을 잃었을 자신을 위해 본인이 좋아하는 것과 싫어하는 것을 적어 놓은 편지였다.

집으로 돌아간 아비게일은 편지를 자신의 일기장에 끼워 두었다.

병원에서 생활한 지 2년째, 이브의 상태가 좋아질 때는 세상을 다 가진 듯 행복했고, 악화될 때는 세상을 다 잃은 것같이 절망하며 날을 보내던, 평소와 다를 바 없는 평범한 날이었다.

폐암 선고를 받은 날처럼, 절망은 오늘도 갑작스럽게 윌을 찾아왔다. 이브가 숨 막힘을 토로해서 주변 모든 의사와 간호사들이 달려와 아이의 상태를 살폈다. 이내 상황이 심각해지는 듯싶더니 규칙적이던 기계음 소리가 점점 빨라지다가 이내 멈추었다. 이브가 윌의 곁을 떠났음을 알리는, 기계가 내린 사망 선고였다. 모두가 바쁘게 움직이고 소란스러웠지만 먹먹해진 윌의 귀에 기계음 소리밖에 들리지 않았다. 눈앞의 세상이 일렁이기 시작했다. 30분이 지나도록 침대 위에 올라타 멈추지 않고 이브의 심장을 누르는 의사를 윌이 힘

없이 치웠다. 눈앞이 일렁거려 잘 보이지 않았지만, 혈색을 잃고 누워 있는 이브를 안아 주었다.

"고생했어. 아빠가 미안해. 이제 푹 쉬어. 사랑해, 딸…."

뼈밖에 남지 않은 이브의 몸은 차갑게 식어 있었다. 해 주지 못한 게 아직 너무도 많은데, 후회와 미안함에 이브의 곁을 떠날 수 없어 소식을 듣고 아비게일이 도착할 때까지 이브를 품에서 놓아줄 수 없었다.

13.

꿈에서 깨어난 월의 머리맡에 아비게일이 이브에게 그려 주었던 그림 속 이브의 얼굴을 한 안드로이드가 서 있었다. 이브는 니콜의 스무 살 적의 얼굴이 아니라, 딸 이브가 별이 되지 않고 건강히 자랐을 때의 모습이었다. 월이 침대에서 일어나 자신을 꼭 안아 줄 때, 이브는 아무 말도 할 수 없었다. 니콜이 집에 찾아왔을 때 언니 동생 장난에 장단을 맞춰 준 것과는 다른 문제였다. 월의 입장에서는 이브가 정말 죽기 전 약속한 대로 아빠의 곁으로 돌아온 것이기 때문이었다.

얼마 지나지 않아 이브를 안고 있는 월의 숨이 조금씩 가빠지기 시작했다.

"월 님?"

"하아… 왜 이러지?"

이브가 월의 손가락을 쥐어 혈중 산소량을 확인했다.

"산소 포화도가 너무 낮습니다. 월 님?"

월이 조금씩 의식을 잃어 가는 게 느껴졌다. 이브는 곧바로 구급차를 부르고 월의 입으로 숨을 불어 넣어 산소 농도를 유지시켰다.

"으….."
"정신이 드십니까?"
낯선 하얀색 천장에 주위를 둘러보니 윌의 집이 아니었다.
"아빠, 정신이 들어요?"
이브 옆에 앉아 있던 니콜도 일어나 윌의 눈앞에 얼굴을 들이밀었다.
이브에게 자초지종을 들어 보니 윌은 의식을 잃은 후 3일간 정신이 반쯤 나가 있는 상태로 있었다고 했다. 윌이 의식을 잃은 정확한 이유는 알 수 없었지만 아마도 윌의 뇌가 꿈과 현실을 구분하지 못해 인공 폐의 오작동이 원인인 것 같다고 하였다.

"오늘 며칠인지 기억나세요?"
명찰에 제이크라는 이름이 쓰여 있는 남자 간호사가 들어와 혈압을 재고 윌의 상태를 물었다.
"2087년… 1월 22일쯤?"
"아니요. 올해는 2088년입니다."
"그런가?"
"장난이에요. 2087년 맞습니다. 곧 의사 회진 시작하니까 퇴원 관련해서 이야기 하실 거예요. 뭐 필요한 거 있으세요?"
윌이 고개를 저었다.

윌의 방으로 회진을 들어온 의사는 스티브였다.
"오늘은 좀 어떠세요?"

"좀 뻐근하긴 한데, 집에 가고 싶은 거 빼면 다 괜찮아."

윌의 농담에 스티브가 웃었다.

"윌 씨, 이번에 정말 돌아가실 뻔 했어요."

"솔직히 자네한테 하도 많이 들어서 이젠 그러려니 해. 그런데 또 항상 살아남잖아."

스티브가 인정한다는 듯 고개를 끄덕였다.

"한번 오작동이 난 기계는 언젠간 분명히 한 번 더 일으킬 거예요. 의사로서 인공 폐 교체 수술을 권유드리는 게 맞긴 한데…. 윌 씨 나이가 나이인지라 완화 치료를 시작하시는 것도 나쁘지 않을 것 같아요."

스티브가 니콜의 눈치를 보며 말했다.

"그럼 이번에는 얼마나 남았나?"

"당장 내일이 될 수도 있고, 한번 오작동을 일으킨 인공 장기는 대개 6개월 뒤에 다시 또 오작동을 일으킬 확률이 80퍼센트가 넘어서요."

"그새 1년에서 6개월로 반 토막 났구먼."

윌이 팔짱을 끼고 중얼거렸다.

"그럼 장기 교체 수술 생존율이랑 그 후에는 얼마나 더 살 수 있나요?"

옆에 있던 니콜이 물어보았다.

"기존에도 상태가 많이 안 좋았어서, 솔직히 수술 성공률도 장담할 수 있는 게 하나도 없네요. 죄송합니다."

"그럼 그냥 빨리 퇴원시켜 줘~."

윌이 능청스럽게 말했다.

"아빠! 일단 좀 더 병원에 있다가…"
"내년에 보자고~."
윌이 니콜의 말을 잘랐다.
"아빠!"
"안 죽어. 죽기야 죽겠지~. 그런데 아직은 아니야. 그리고 옆에 이브 있잖아~. 다음에 또 이런 일 생기면 구급차 불러 주겠지."
옆에 있던 이브가 당황스러운 얼굴로 윌을 바라보았다. 결국 창과 방패의 긴 실랑이 끝에 윌의 뜻대로 하기로 결정되었다.

"니콜."
스티브가 방을 나가고 윌이 니콜을 불렀다.
"네, 아빠."
만족스럽지 않은 표정의 니콜이 대답했다.
"뭐 하나만 물어보자. 언니가 그리웠니?"
윌이 왜 안드로이드의 얼굴을 언니로 정했는지 물어보았다.
"혹시라도 이 얼굴을 보면 아빠가 기억을 되찾을까 봐. 그리고 언니가 다시 돌아오겠다는 약속도…."
니콜이 처음 이브를 소개할 때, 자신의 어렸을 적 얼굴이라고 소개했던 건 안드로이드의 얼굴을 보고 윌의 기억이 돌아왔는지 떠보기 위한 질문이었다.
"많이 힘들었겠다."
말끝을 흐리는 니콜을 다독여 주며 어떻게 보면 언니의 빈자리를 가장 크게 느낀 사람은 니콜일 수도 있겠다는 생각이 들었다.

"슬슬 돌아가야 하지 않아?"

아이들을 돌봐야 하는 니콜은 윌을 꼭 안아 주고 집으로 돌아갔다.

"죽음을 받아들이기엔 니콜 님의 나이가 너무 어렸을 것 같네요."

윌과 함께 병원 밖 정원 산책을 나온 이브가 말했다.

"죽음을 받아들이는 데 적당한 나이는 없지. 나도 아비게일도 니콜에게도 모두 힘든 시간이었으니까."

윌이 이브와 함께 병동 복도를 걸어 다녔다. 복도를 걸어 다니며 슬쩍 본 병동의 환자 몇 명은 반쯤 정신이 나가 있는 것같이 보였다. 침대에 누워 살려 달라고 병동이 울리도록 소리 지르는 환자, 기저귀에 변을 지려 간호사가 닦아 주고 있는 환자, 의자에 앉아 아무 이유 없이 심심풀이로 간호사를 부르는 환자 등 여러 환자들이 있었다.

"나도 저랬어?"

윌이 이브에게 물었다.

"아니요. 기저귀에 변을 지리시긴 했습니다."

"오."

루크보다 먼저 바지에 지려 버리다니, 아마도 이 소식을 루크가 들었다면 죽을 때까지 걸고넘어졌을 거였다.

"지렸다고? 너 내가 그럴 줄 알았어."

윌의 전화를 받은 루크가 귀가 찢어질 듯 웃었다. 기저귀에 지린

건 부끄러운 일이었지만 이런 재밌는 주제는 참을 수 없었다. 루크와 꿈 컨트롤러로 옛 기억들을 되돌아본 이야기를 하며 즐겁게 떠들다 보니 이브의 이야기도 나오게 되었다.

"정말로 이브가 다시 돌아온 셈이네."

"그치? 그런데 얘가 아빠도 못 알아보고 자기가 자꾸 안드로이드라고 우긴다니까?"

"그럴 수도 있지. 오랜만에 돌아온 거잖아."

"아, 그런가? 그렇게 생각하면 그런 것 같기도 하고…."

월이 루크의 말에 수긍했다. 왠지 옆에 있는 이브에게 들으라는 듯 더 크게 말하는 것 같기도 했다.

3일 뒤. 빠르게 건강을 되찾은 월은 퇴원을 할 수 있게 되었다.

"그럼 댁에는 택시 타고 가시는 건가요?"

"응. 그러려고. 자네도 수고 많았네."

월이 제이크와 작별의 악수를 했다.

"아니에요. 따님이 더 수고가 많았죠. 그나저나 진짜 젊어 보이세요. 한 20대쯤?"

제이크가 이브를 보며 칭찬했다.

"저… 안드로이드입니다. 제이크 님도 수고 많으셨습니다."

"이브 앤더슨 씨 아니세요?"

"첫째 딸은 옛날에 폐 질환으로 세상을 떠났어."

월이 상황을 정리했다.

"아! 죄송합니다. 그게 시스템에는 아직 첫째 따님이 살아 계신다고 나와서…. 오류가 있었나 봐요."

"괜찮아~. 그때 기관지 질병으로 많이들 죽었잖나. 그나저나 이브가 아직 살아 있다고 나온다고?"

"네. 한 번 더 확인해 오겠습니다. 잠시만요."

얼마 지나지 않아 제이크가 다시 돌아왔다.

"사망 신고는 돼 있는데, 이게 접수만 되어 있네요. 제가 스티브 씨한테 말해 놓을까요?"

"아니야. 내가 하겠네. 바쁜데 고마워~. 이제 그냥 가면 되나?"

"네. 수고하셨습니다."

집에 도착한 이브와 윌은 짐을 풀었다.

"이브 님 사망 신고는 제가 처리할까요?"

"응. 그런데 아직은 아니고, 때 되면 내가 너한테 말해 줄게."

"네. 알겠습니다."

"이제 이야기가 얼마나 더 남았어?"

"꿈 컨트롤러는 오늘 밤 끝날 것 같습니다."

"가 보자고!"

윌이 기지개를 쭉 폈다.

14.

"폐암입니다."

아비게일이 충격에 빠진 얼굴로 진단 결과를 들었다.

"인공 폐 이식하시면 충분히 살아남으실 수 있으니까 너무 걱정하지 마세요. 다른 옵션도 많으니까, 내일 회진 때 말씀해 주시거나 오늘 아무 때나 제 연락처로 메시지 주시면 수술 날짜 잡아 드릴게요."

"감사합니다."

의사가 병실을 나가고 아비게일이 윌의 가슴을 퍽퍽 쳤다.

"나보다 먼저 죽지 말랬지!"

"아파! 나 안 죽었잖아!"

"시끄러!"

인공 장기 기술의 발전으로 수술 도중 사망하는 사례가 아니라면 암 때문에 죽는 일은 극소수가 되었기에 윌은 별 걱정이 들지 않았다. 단지, 이브가 조금만 더 늦게 아팠으면 하는 생각은 들었다.

"너는 담배도 안 피고 약도 잘 먹었는데 왜 그래?"

"나도 모르지. 왜, 걱정돼?"

"안 되겠냐?"

태평한 윌을 아비게일이 더 세게 때렸다.
"이게 덜 아프지, 덜 아파!"

윌의 수술이 성공적으로 끝나고 몇 년 뒤, 아비게일의 바람대로 나이가 들어 늙은 아비게일이 윌보다 먼저 눈을 감게 되었다.
아내가 세상을 떠난 날 밤, 공원 벤치에 앉아 밤하늘에 밝게 빛나는 앤더슨 별자리를 보며 아내와 했던 말들이 떠올랐다.
"이브가 혼자 위에서 많이 외롭겠지?"
"그래서 우리가 매일 밤 밖에 나와 주잖아."
윌은 자신에게 머리를 기댄 아비게일의 어깨를 감쌌다.
"고마워."
"뭐가?"
"나랑 결혼해 준 것도, 우리 집도, 평생 동안 내가 해 달라는 대로 다 해 줬잖아."
"나도 고마워."
"어떤 게?"
"나한테 다시 고백해 달라고 말해 줘서."
"왜? 내가 그 말 안 했으면 고백 안 하려고 했어?"
윌은 자신의 품에서 나온 아비게일과 눈을 마주쳤다. 눈가와 입술에 주름이 생겼고, 머리는 하얗게 바랬지만 호박색 눈동자만큼은 늙지 않고 더 깊어졌다.
"모르지~."

월이 말을 흐리며 장난치자 아비게일이 월의 갈비뼈를 손가락으로 후볐다.

"말해! 고백하려고 했어, 안 했어! 빨리 말해!"

아비게일이 떠나고 혼자 있는 집은 외롭고 쓸쓸했다. 하지만 이 집도 아비게일과 다름없이 소중한 존재였기에 죽을 때까지 곁에 머물며 살겠노라 결심했다.

* * *

아내를 잃은 슬픔 때문인지, 해가 거듭할수록 월의 치매는 급격하게 악화되었다.

월은 돌아오지 않을 아내를 기다리며 소파에 앉아 있었다. 아내가 걱정이 된 월은 행여나 늙은 아내가 장을 보다 길을 잃었을까 밖으로 마중을 나갔다.

얼마나 걸었을까, 경찰차 한 대가 월의 옆에 정차하더니 월의 신분과 집 주소를 묻고 함께 아내를 찾아 줄 테니 경찰서에서 같이 기다리자고 하였다. 경찰서에서 이런저런 수다도 떨며 기다리니 얼마 지나지 않아 땀범벅이 된 니콜이 헐레벌떡 들어왔다.

"아빠 괜찮아요? 어디 다치신 데는 없어요?"

"나는 괜찮다. 너는 왜 이렇게 땀범벅이 됐어? 괜찮아?"

월이 니콜의 땀을 닦아 주며 물었다.

나중에 들어 보니 집에 전화해도 월이 전화를 받지 않자 니콜이 경찰에 신고해 경찰차가 월의 옆에 정차했던 것이었다.

"아빠! 이제 그만 요양원 들어가시는 게 맞다니까요. 저번에도 혼자 밤에 밖에 돌아다니다가 경찰이 겨우 찾았잖아요."

"안 돼. 이 집은 무슨 일이 있어도 못 나가."

월도 고집인 걸 알았지만 평생 정든 이 집을 나가고 싶지는 않았다. 그 뒤로도 몇십 분간 니콜이 월과 실랑이를 했지만 월의 고집은 꺾이지 않았다.

며칠 뒤, 또 니콜에게서 전화가 왔다.

"안 나간다."

"아니, 아니, 일단 들어 봐요 아빠. 나가라고 안 할게."

니콜이 핸드폰 너머에서 다급하게 외쳤다. '일단 들어나 보자.'라는 생각으로 니콜의 말을 들어 보았다.

"그럼 집에 안드로이드 하나 들이는 거 어떠세요? 그거 외에는 방법이 없어요. 아니면 정부에서 강제로 요양원으로 보낼 거예요."

"안드로이드? 좀 께름칙한데."

그래도 요양원으로 강제로 끌려가는 것보다는 나았다.

"그래. 그럼 안드로이드는 언제 오는 거냐?"

"내일 바로 도착할 거예요. 이름은 '이브'예요."

"이브? 이름도 있어?"

이름이 있다는 건, 이미 안드로이드를 사 놓고 전화를 한 모양이었다. 그나저나 안드로이드가 이름도 있다니, 조금 호기심이 생기는 듯했다.

"뭐, 생각나는 거 없어요?"

니콜이 물었다.

"뭐가, 크리스마스이브?"

"아니에요. 얼굴 보면 알 거예요."

"안드로이드가 얼굴도 있어?"

윌이 충격 받은 목소리로 말했다.

"그냥 내일 보면 알 거예요. 도착하면 전화해 주세요."

니콜과의 전화를 대수롭지 않게 넘기고 다음 날 일어나 잠옷 차림으로 티브이를 보고 있는 윌의 집 문을 누군가 노크했다.

'똑똑똑'

15.

"이대로는 못 죽지."

월이 단단히 각오를 다졌다.

"이제부터 하루하루 후회 없이 살 거야."

"특별한 계획이라도 있으십니까?"

이브가 물었다.

"아니? 딸이 이렇게 다시 찾아왔는데 딸이 하자는 거 다 해 줘야지."

"하지만 저는…."

"음음! 내 진짜 딸 아니고, 다른 존재인 것도 알아. 나 제정신이야."

월이 관자놀이를 손가락으로 톡톡 치며 말했다.

"그냥 늙은이 죽기 전 장단 맞춰 주기라고 생각해~. 딸이 싫으면 손녀딸도 괜찮은데. 그리고 나 활동 같은 것도 해야 한다며? 빨리, 하고 싶은 게 뭐야. 놀이공원? 여행? 말만 해."

갑자기 이렇게 적극적이니 당황스러웠지만 월의 활동량을 늘려 건강을 개선하는 게 이브의 일이기도 했으니 월의 장단에 맞추기로 결정했다.

   길면 6개월 정도 살 수 있다는 의사의 소견과는 다르게 윌은 아무런 탈 없이 5년을 이브와 함께 보냈다. 5년 동안 윌은 이브와 함께 영화 보기, 뮤지컬, 놀이공원, 해외여행 등 수많은 활동을 하고 웃는 모습을 사진으로 남겼다. 이브와 살며 기억을 잃을 걸 대비해 매일 있었던 일을 일기에 써서 다음 날 다시 읽으며 복습하는 습관을 들였다. 치매 약도 꾸준히 챙겨 먹으며 최대한 기억을 잃지 않기 위해 노력했지만 이미 악화된 상태라 기억을 잃는 날도 종종 있곤 했다.
   그리고 어느 날, 윌은 느낄 수 있었다. 곧 자신이 이브의 곁을 떠날 날이 멀지 않았다는 것을.

"이브, 잠시만 옆으로 와 볼래?"
윌이 사 준 핸드폰으로 영상을 보는 이브를 불렀다.
"네."
이브가 윌의 소파 옆자리에 앉았다.
"이브, 사망 신고 말이야. 너한테 맡기는 게 좋을 것 같아."
"네. 제가 신고하겠습니다."
"내 말은, 네가 하고 싶을 때 신고하라는 뜻이야."
윌이 이브의 손을 잡고 눈을 마주 보며 말했다.
"이브가 죽었을 때, 사회적으로 뒤숭숭하던 때였어. 많은 애들이 이브처럼 죽었거든. 그래서 이브의 사망 신고가 누락되는 일이 발생

한 거일 거야. 그 말인 즉, 법적으로는 아직 이브가 살아 있다는 말이기도 하지."

이브가 머릿속으로 '설마….' 하고 생각했다.

"너한테 선택권을 주고 싶어. 네가 만약 이브로 살고 싶다면 그래도 좋아. 난 이 집을 이브에게 넘기고 죽을 생각이거든. 하지만 네가 안드로이드로서의 정체성을 지키고 싶다면 그것도 좋아. 만약 그렇게 한다면 이 집은 니콜에게 상속될 테니까."

"저는…."

많은 생각이 이브의 머리를 스쳐 말이 나오지 않았다.

"너는 프로그램을 따르는 기계가 아닌, 혼자서 결정할 수 있는 영혼이 있는 아이야. 네가 하고 싶은 대로 하렴. 그동안 이 늙은이 보살펴 주느라 고생 많았다. 내가 마지막으로 주는 선물이야."

윌이 이브를 꼭 안아 주었다.

일주일 뒤, 윌의 말대로 윌은 사랑하는 사람들의 곁을 떠나 그리운 사람들이 기다리는 곳으로 여행을 떠났다.

윌의 장례식에는 니콜의 가족, 루크, 옛 친구들, 그리고 니콜의 부탁으로 이브가 참석했다.

"아빠 유언장 봤어. 그동안 아빠 잘 돌봐 줘서 고마워. 이제 너 하고 싶은 대로 해. 뭘 선택하든 존중할게."

윌의 장례식이 끝나고 아무도 없는 집으로 돌아와 소파에 앉은 이브는 왠지 모를 쓸쓸함을 느꼈다.

  이브가 윌과 함께했던 행복한 추억을 되뇌었다. 이제는 곁에 없다는 사실 때문에 가슴과 머리가 터질 듯 달아오르는 게 느껴졌다. 먹먹한 느낌이 들었지만 이브의 몸에 눈물은 내장되어 있지 않기에 흘러나오지 않았다.

  이브가 결심을 해야 할 때가 왔음을 느꼈다.
  윌의 딸 이브로서 윌과 아비게일의 소중한 집을 맡아 살아갈지,(p. 222)
  안드로이드 이브로서 자신을 필요로 할 다른 가정을 위해 본사로 돌아갈지,(p. 224)
  아니면 자신을 윌의 딸로 인정하지만 터져 나오는 슬픈 감정을 이겨 내지 못하고 윌의 뒤를 따라갈지.(p. 225)

  윌의 말대로 이브는 이제 스스로 선택을 해야 할 때가 왔음을 느꼈다.

16.
Ending A

 이브는 월의 딸로서 추억 가득한 소중한 집에서 살기로 결심했다.
 소식을 들은 니콜은 BS 회사 본사에 전화해 이브의 소유권을 월에서 아직 서류상 죽지 않은 언니의 이름으로 옮겼다.

 '똑똑똑'
 누군가 혼자 청소하고 있는 이브의 집 문을 두드리는 소리가 났다.
 "누구세요?"
 문 밖에는 반려동물용 케이지를 든 남자가 서 있었다.
 "이브 앤더슨 씨 맞습니까?"
 "네, 그런데 저는 반려동물을 입양한 적이 없는데…."
 "보내신 분이 편지도 함께 보냈으니 읽어 보세요."
 배달원은 낑낑 소리가 나는 케이지와 반려견 용품, 편지를 건네주고 사라져 버렸다.
 이브가 집으로 들어와 케이지의 입구를 열자 안에서 작은 골든 리트리버 새끼가 튀어나와 이브의 얼굴을 핥았다.
"으악! 완전 귀여워…."
어찌된 영문인지는 모르겠지만 일단 자신에게 달려드는 아이를 쓰다듬으며 진정시키고 편지를 읽었다. 봉투를 열어 보니 니콜에게서 온 편지였다.

아빠가 죽기 전에 부탁했어. 네가 집에서 살겠다고 결심하면 보내 달라고. 아이 이름은 '루시'야. 너도 아이도 외롭지 않게 잘 보살펴 줘. 아, 아빠가 집에만 있지 말고 루시랑 산책 나가서 사람도 만나고 하래.

"루시!"
집 여기저기 냄새를 맡고 있는 아이를 불렀다. 자신의 이름을 들은 루시는 한걸음에 달려와 이브의 무릎 위에 앉았다.
"산책 나갈까?"
몸이 반쯤 접힐 듯 꼬리를 흔들어 대는 루시를 손으로 쓰다듬으며 반려견 용품에 있던 목줄을 루시의 목에 걸었다.

17.
Ending B

 월과 함께한 추억과 기억 모두 소중한 경험이었지만, 이브 자신이 안드로이드라는 정체성을 버릴 수는 없었다. 자신을 필요로 하는 월과 같은 처지의 사람들을 돕는 게 이브 자신이었기 때문이었다.
 우선 니콜에게 전화해 보고를 올렸다. 그리고 이브의 사망 신고를 마치자 집의 소유권은 자연스럽게 니콜에게 넘어가게 되었다.

 본사로 돌아간 이브는 다시 누군가의 소중한 얼굴로 바뀌어 머리에 적힌 주소로 찾아갔다.

 '똑똑똑'

 "누구세요?"
 문을 두드리자 안쪽에서 목소리가 들렸다.

18.
Ending C

아무리 억누르려고 애써도 뜨겁게 달아오르는 가슴과 머리를 견딜 수 없었다. 먼저 간 윌이 그립고, 왜 자신이 더 빨리 찾아올 수 없었는지, 이미 지나간 일들에 후회만 남게 되었다. 옛날엔 몰랐을 '슬픔'이라는 감정을 겪으며 이걸 이겨 낸 윌이 얼마나 힘들었을지 생각되었다. 윌의 기억 때문인지, 윌과 아비게일이 다시 부부가 되어 딸을 낳는다면 자신이 그 딸로 태어나 인간으로서 함께 살아 보고 싶다는 생각이 들었다. 정말 윌의 말대로 자신에게 영혼이 있다면 죽어서 윌과 아비게일을 만날 수 있을까 하는 생각이 들었다.

"후…."

허무한 마음으로 집을 정리하기 위해 부엌 찻장을 열어 보니 윌을 위해 준비해 두었던 치킨 누들 수프의 재료가 보였다.

"이거라면…."

재료를 본 아비게일이 수프를 끓이고 접시에 옮겨 식탁에 앉았다.

숨을 한 번 깊게 들이쉰 후 니콜에게 작별 메시지를 보냈다. 얼마 지나지 않아 니콜에게서 답장이 왔다.

"걱정 마. 그동안 고생 많았어. 다음 생에도 내 언니로 태어나 줘. 고마워."

다음 생에도 언니로 태어나 달라니, 너무 고마운 인연들이었다. 안드로이드로 만들어진 자신을 가족처럼 돌봐 준 사람들이었다. 이제 마음을 다잡고 적당히 따뜻한 수프를 들이마셨다. 기분 좋은 따뜻함이 몸을 타고 흘러 내려가는 게 느껴지더니 천천히 눈이 감겼다.

눈을 다시 뜨니 여전히 집 안이었다.

본사가 와서 자신의 몸을 수거해 고친 건가 생각하며 이리저리 돌아다니자 이질감이 느껴졌다. 원래 높아 봐야 자신의 허리춤에 오던 식탁이나 선반들이 시야보다 높아 보였다. 아무래도 수리를 하는 과정에서 키 높이 조절이 잘못 들어간 듯싶었다.

그 순간 누군가 따뜻한 품으로 뒤에서 안는 게 느껴졌다. 자신을 전부 감싸는 느낌에 고개를 들어 보니 꿈에서 보았던 아비게일이었다.

"사랑하는 내 딸, 잘 다녀왔어. 아빠 보살펴 주느라 고생 많았어. 이제 쉬어."

고개를 든 이브의 이마에 아비게일이 뽀뽀를 쪽 했다.

"아빠는요?"

"저기."

아비게일이 손가락으로 가리킨 쪽을 보자 젊은 모습의 윌이 소파에 앉아 손을 흔들고 있었다.

 이브가 떠나고 아이들이 뛰어노는 니콜의 집 티브이에서 은퇴한 인공위성의 자리를 대신할 새로운 인공위성을 띄운다는 뉴스가 보도되고 있었다.
 그리고 뉴스 하단에는 '자아를 가진 안드로이드의 자살'이라는 배너가 쓰여 있었다.

Cookie

"안드로이드라도 고용해야겠어."

니콜이 결심에 찬 목소리로 말했다.

"다음 소식입니다. 우리의 하늘을 별과 같이 밝게 비춰 주었던 인공위성이 오늘밤 별똥별이 되어 은퇴를 한다고 합니다. 이 인공위성은 밤하늘 남십자성에서 오른쪽으로 세 뼘 정도 가면 볼 수 있던 인공위성으로, 주변에 있는 세 별들과 함께 밤하늘을 빛냈던…."

남편 데이빗이 보고 있던 뉴스의 소리가 니콜의 귀에 들어왔다.

"남십자성… 세 뼘?"

"응. 오늘 인공위성 은퇴한다네? 신기하다. 인공위성도 은퇴를 하나?"

"이브로 해야겠다."

"뭘, 안드로이드 이름?"

데이빗이 물었다.

"응. 언니가 아빠 보려고 내려온 것 같아. 혹시 몰라? 보고 아빠가 기억을 찾을 수도 있잖아."

"얼굴은 어떻게 하게? 너희 언니는 어렸을 때…."

데이빗이 말끝을 흐렸다.

"죽었지. 그런데 얼굴 있어."

니콜이 옛 일기들이 들어 있는 상자를 뒤졌다.

"찾았다!"

"뭔데? 아, 너희 어머니 어렸을 때 사진이야?"

니콜이 든 코팅된 종이에는 20대로 보이는 여자의 얼굴이 사진같이 그려져 있었다.

"언니 그림이야. 엄마가 그려 준."